Alizé Siffleur
Sympathy with the devil

Alizé Siffleur

Sympathy with the devil

Roman

Für Alan, meine zweite Hälfte,
meine Inspiration, meine große Liebe.

Willst du bei mir bleiben?

Schenk mir den Augenblick
dir was zu sagen.
Vielleicht hast du es ja geahnt,
vielleicht aber auch nicht.
Ich will dich was fragen.
Ich nehm' all meinen Mut zusammen.
Mein Herz in die Hand,
damit ich es wage...

Willst du bei mir bleiben
von jetzt an bis zum Schluss?
Willst du mein Zuhause sein
in diesem großen Zirkus?
Willst du bei mir bleiben
auf dieser weiten Reise,
bis der letzte Vorhang fällt
für uns beide?

Aus dem Song ‚Willst du bei mir bleiben'
von der Gruppe ‚Klee'

Der Umschlag steht an einen Fotorahmen gelehnt auf dem Sideboard im Wohnzimmer. Dort befindet er sich schon seit ein paar Tagen. Ich bringe es einfach nicht über mich ihn aufzumachen. Damit wäre alles so verdammt endgültig.

Heute habe ich mir eine Flasche Wein geleistet, es ist ein Barolo aus den Piemont. Ein richtig teurer Stoff, aber das ist er mir wert. Ich habe die Flasche geöffnet, den Wein atmen lassen. Jetzt lasse ich ihn im Glas kreisen. Rubinrot ist er. Ich nehme den ersten Schluck, schmecke Himbeeren, Pflaumen, einen Hauch von Lakritz.

Mit dem Geschmack des Weines kommen die Erinnerungen. Tränen schießen mir in die Augen, ich blinzele sie weg.

‚Jetzt oder nie', denke ich, weiß genau, dass ich den Brief jetzt lesen muss, sonst wird das nie was.

Doch bevor ich den Umschlag endgültig öffne, denke ich daran, wie alles angefangen hat ...

Gesucht wird für den Privathaushalt eines Unternehmers mit einer Tochter im Alter von 7 Jahren eine flexible Kinderfrau/Erzieherin die sich um den Tagesablauf des Kindes kümmert. Geboten wird eine Festanstellung.

Das Kind besucht eine Privatschule. In den Morgenstunden machen Sie es für die Schule fertig und bringen es dorthin. Am Nachmittag holen Sie das Kind von der Schule ab und gestalten das weitere Programm mit ihm.

Sie sollten im Besitz einer gültigen Fahrerlaubnis sein und nicht rauchen. Ein Dienstfahrzeug steht zur Verfügung. Der Erziehungsberechtigte ist in der Regel nicht vor dem Abend zu Hause und teilweise auf Reisen. Deshalb sollten Sie auf dem Anwesen übernachten. Eine kleine, möblierte Wohnung in einem Nebengebäude des Anwesens steht Ihnen zur Verfügung. Falls nötig sollten Sie an den Wochenenden zur Verfügung stehen, was separat vergütet wird.

Unterstützt werden Sie durch eine Haushälterin, die montags bis freitags ganztätig ins Haus kommt.

Sie sollten flexibel sein und dieses Aufgabengebiet selbständig übernehmen. Weiterhin sollten Sie gute englische Sprachkenntnisse besitzen. Allerdings wird Wert darauf gelegt, dass mit dem Kind deutsch gesprochen wird.

Die Position ist per sofort zu besetzen und wird überdurchschnittlich vergütet.

Weitere Informationen:

Das Anwesen Ihres zukünftigen Arbeitgebers liegt in der Nähe von Holyfield, auf Holy Island, einer kleinen Insel in der Irischen See. Die Insel ist durch eine Brücke (Four Mile Bridge) und einen Damm mit dem Festland verbunden. Liverpool befindet sich in ca. 110 km Entfernung.

***

Diese Annonce kam mir gerade Recht, denn ich brauchte Abstand. Abstand von meinem bisherigen Leben, das wie ein Scherbenhaufen vor mir lag.

Es kam mir vor, als lägen Lichtjahre zwischen der grenzenlos glücklichen, immer gut gelaunten und strahlenden Person und dem Häufchen Elend das ich seit einiger Zeit war.

Dabei hatte alles so super angefangen. Mein Job als frisch gebackene Erzieherin machte mir Spaß. Ich liebte den Umgang mit ‚meinen' Kindern und bekam jede Menge von ihnen zurück. Zudem liebte ich Dominik aus ganzem Herzen. Wir planten ein gemeinsames Leben, wollten eine Familie gründen, mindestens fünf Kinder haben und gemeinsam ein Haus bauen, in dem sie groß werden würden.

„Leben ist das, was passiert, während du eifrig dabei bist, andere Pläne zu machen." Hat schon John Lennon in dem Song „Beautiful Boy" gesagt*. Das stimmt wirklich.

11

Von gleich auf jetzt ging mein Leben in die Brüche. Mein Dominik, die Liebe meines Lebens, verließ mich für eine Andere. Nicht irgendeine Andere, oh nein! Die Glückliche war die verheiratete, mittelalte Leiterin des Kindergartens. Also meine Vorgesetzte. Wie geschmacklos war das denn! Irgendwann hatten die Zwei wohl Gefallen aneinander gefunden, trafen sich heimlich und gingen miteinander ins Bett. Das lief so lange gut, bis der gehörnte Ehemann dahinterkam. Er war entschieden cleverer als ich, die zu diesem Zeitpunkt noch an die wahre Liebe glaubte.

Ich will es kurz machen: Es kam zum Supergau. Die mittelalte Person verließ ihren Mann, Dominik verließ mich. Die beiden taten sich zusammen.

Ich war zunächst in einer Schockstarre, die allerdings nicht lange andauerte. Eine unglaubliche Wut folgte. Ich stellte zuerst Dominik und dann die Person, mit der ich jeden Tag im Kindergarten zu tun hatte, zur Rede. Beide Unterhaltungen waren unschön und laut. Als Folge kündigte ich das Arbeitsverhältnis, warf Dominik seine restlichen Sachen vor die neue Wohnung und das buchstäblich. Unser zerschreddertes, gemeinsames Foto in DIN A2 Format packte ich ihm in den Briefkasten.

Nichts war mehr so, wie ich es geplant hatte. Deshalb hatte ich beschlossen, mich auf die Annonce zu bewerben, in der eine Erzieherin gesucht wurde. Ich wollte einfach weg. So weit wie möglich, damit ich Dominik und seine Neue nicht mehr sehen musste. Bestimmt würde ich durch einen aufregenden neuen Job meinen Kummer vergessen. Einem Neuanfang stand also nichts im Wege. Mit viel Hoffnung und Enthusiasmus schickte ich also meine Bewerbung los und bekam bald darauf einen Anruf:

„Hallo, hier spricht Celine Faure. Ich Rufe im Namen von Mister Connor Thorburn an. Sie hatten sich für die Stelle als Kindermädchen auf Crannog House beworben."

„Genau. Als Kindermädchen und Erzieherin", quiekte ich atemlos. Dass ich so schnell eine Chance bekam, damit hatte ich nicht gerechnet.

„Wenn der Job immer noch für Sie in Frage kommt, dann möchte ich gern einen Vorstellungstermin mit Ihnen ausmachen."

„Ja, klar. Wann wäre das?", stammelte ich aufgeregt.

„So schnell es geht", war die Antwort. „Ihre Reisekosten werden natürlich von Mister Thorburn übernommen. Ich buche Ihnen ein Ticket von Hamburg nach Liverpool und einen Leihwagen. Es sind dann noch circa 100 Meilen bis nach Crannog House. Das werden Sie doch sicher bewältigen. Schließlich sollen Sie zukünftig Fia zur Schule bringen und wieder abholen."

Ich schluckte. An den britischen Linksverkehr hatte ich bisher noch gar keinen Gedanken verschwendet. Aber irgendwie würde ich es schon schaffen.

„Hallo, sind Sie noch da?", schnurrte Celine Faure.

„Ja, klar. Kein Problem. Wenn Sie mir alle Unterlagen schicken, steht einem Vorstellungstermin nichts im Weg", sagte ich optimistischer, als ich mich fühlte.

Anschließend hatten wir uns schnell auf einen Termin geeinigt. Das war überhaupt kein Problem. Meine Arbeit im Kindergarten hatte ich ja sowieso gekündigt und meinen Resturlaub genommen, so dass ich frei über meine Zeit verfügen konnte.

Trotz allem fühlte ich mich zum ersten Mal seit Wochen einigermaßen gut und sah dem Vorstellungsgespräch erwartungsvoll entgegen.

***

Wie Celine es mir erklärt hatte, lag das Anwesen meines zukünftigen Arbeitgebers abgeschieden an der irischen See. Bis zum nächsten Ort, Holyfield, waren es etliche Kilometer. Die Schule, die Thorburns Tochter besuchte, lag auf dem Festland, das durch eine Brücke zu erreichen war. Ich würde meinen Schützling also früh wecken müssen.

Bis zum Gesprächstermin hatte ich mir alle möglichen Szenarien vorgestellt. Sicher würde der Vater des Kindes ein langes Gespräch mit mir führen, denn er wollte seine Tochter bestimmt in guten Händen wissen. Ich überlegte mir Antworten auf die Fragen, die er mir sicher stellen würde.

Wie ich durch die Formulierung der Annonce schon vermutet hatte, war Connor Thorburn geschieden. Das Kind lebte bei ihm. Ich nahm mir fest vor, mir keine Meinung zu bilden, bevor ich die Familie nicht kennengelernt hatte.

Natürlich hatte ich ihn gegoogelt. Er war scheinbar schwer reich, aber was für

Geschäfte er genau tätigte, fand ich nicht heraus. So wirklich interessierte mich das auch nicht. Dafür war ich gespannt auf sein Aussehen. Leider gab es nicht besonders viele öffentliche Fotos von ihm. Auf denen, die ich fand, war er verschwommen im Hintergrund abgebildet. Thorburn schien ein fotoscheuer Mensch zu sein. Das konnte ich gut verstehen. Wer will schon ungefragt in die Öffentlichkeit gezerrt werden?

So stellte ich mir einen netten, älteren Daddy vor, dem vor allen Dingen das Wohl seines Kindes am Herzen lag.

Sein Vater war ein Schotte und seine Mutter eine Deutsche gewesen. Beide Eltern lebten nicht mehr. Es schien, als wolle er seine Tochter zweisprachig aufwachsen lassen, deshalb suchte er vermutlich ein deutsches Kindermädchen.

Wie verabredet bekam ich ein paar Tage später einen dicken Umschlag zugeschickt, in dem sich die Tickets für den Hin- und Rückflug und die Unterlagen für den Mietwagen befanden. Ich würde vormittags ankommen und am nächsten Tag wieder zurückfliegen. Also packte ich mein Köfferchen und machte mich auf den Weg zum Flughafen.

Der Flug verlief reibungslos, der Mietwagen stand parat. Mit dem Linksverkehr tat ich mich zunächst schwer, aber als ich Liverpool hinter mir gelassen hatte, funktionierte auch das einigermaßen. Zu meinem Erstaunen stellte ich fest, dass Holy Island einer weiteren Insel mit Namen Anglesey vorgelagert war, so dass ich also zwei Inseln überqueren musste, um Crannog House zu erreichen. Zum Glück waren beide Inseln durch Brücken miteinander, beziehungsweise mit dem Festland verbunden. Ich würde also nicht täglich mit der Fähre fahren müssen, um Fia zur Schule zu bringen und sie wieder abzuholen, was ich mir sehr zeitaufwendig vorstellte.

Schließlich kam ich in Crannog House an.

***

Aufgeregt läutete ich an dem schmiede-eisernen Tor, das in die hohe Mauer ein-gelassen war, die das Anwesen umgab. Ein bisschen kam mir alles unwirklich vor, denn so etwas kannte ich nur aus Filmen über die Reichen und Schönen.

Eine Kamera surrte in meine Richtung. „Hallo, Sie sind sicher das neue Kinder-mädchen. Sie sind überpünktlich", er-klang es blechern aus dem Lautspre-cher.

„Ja ... ähm ... genau. Ich bin ein bisschen früh dran, weil alles super geklappt hat", erklärte ich während ich angespannt von einem Bein aufs andere trat.

Ein Summen ertönte, die Torflügel schwangen weit auf. Neugierig schaute ich während der Fahrt zum Haupthaus nach rechts und links. Was für einen rie-sigen Garten ich durchfuhr! Um korrekt zu sein, handelte es sich sowieso eher um eine Parklandschaft bei der jeder Quadratmeter super gepflegt war.

Der Anblick des Hauses verschlug mir die Sprache. Es war in die Klippen hineingebaut, wirkte ein bisschen futuristisch mit seiner gläsernen, chromblitzenden Fassade. Alles sah aus, als wäre es einer Homestory über einen Superreichen aus einem Hochglanzmagazin entstiegen. Entschlossen parkte ich direkt vor der Tür und stieg aus. So schnell würde ich mich nicht beeindrucken lassen. Schließlich waren die Bewohner dieses Hauses auch nur Menschen.

Ehe ich ganz vor der Tür stand, öffnete sich diese. Ein Mädchen und eine junge Frau begrüßten mich, wobei das Mädchen ein wenig schüchtern zu sein schien.

Ich ging in die Hocke. „Hallo. Ich bin Kim. Wer bist du denn?"

„Fia", antwortete die Kleine leise. „Bist du die Neue?", fügte sie zögernd hinzu.

Ich lächelte. „Das würde mich sehr freuen. Ich glaube, dass wir uns gut verstehen würden."

„Hallo, ich bin Celine. Wir haben telefoniert. Kommen Sie doch herein. Hier entlang", schaltete die junge Frau sich ein. Sie führte mich durch eine ziemlich große Diele in ein Büro. Fia, die uns gefolgt war, scheuchte sie mit einer Handbewegung weg. „Geh spielen. Das ist jetzt nichts für dich."

Die Kleine ließ den Kopf hängen, trottete aber wortlos davon.

„Ich hätte kein Problem damit gehabt, wenn Fia geblieben wäre", erklärte ich.

„Ach was, sie soll in ihr Zimmer gehen und mit ihren Puppen spielen. Davon hat sie eine Menge, wie überhaupt von allem Spielzeug, das es gibt." Celine schien Kinder nicht besonders zu mögen, jedenfalls dieses Kind nicht. „Also, Kim, ich darf doch Kim sagen und nennen Sie mich ruhig Celine."

Ich nickte zustimmend. Ehe ich noch antworten konnte, fuhr Celine schon fort. „Sie wollen also als Kindermädchen für Fia anfangen. Das ist schön. Ihre Zeugnisse habe ich ja bereits gesehen. Das ist in Ordnung. Das Kind scheint sie zu mögen. Sie machen einen kompetenten und netten Eindruck auf mich. Also ist alles klar. Wie sie wissen sucht Mister Thorburn so schnell wie möglich jemanden. Also - wann könnten Sie anfangen?"

Ich hatte noch keine drei Worte mit Celine gewechselt und machte einen kompetenten Eindruck auf sie? Das war ja mal eine Aussage. Überrascht schnappte ich nach Luft. Dieses Vorstellunggespräch hatte ich mir ganz anders vorgestellt.

„Also ... aber", schon wieder geriet ich ins Stottern. „Ja will denn Mister Thorburn gar nicht mit mir sprechen?", platzte ich schließlich heraus. „Oder vielleicht die Mutter des Mädchens?"

Celine musterte mich kühl. „Ich drücke es mal so aus: Die frühere Mistress Thorburn hat kein Interesse an ihrer Tochter. Mister Thorburn ist im Moment in den Staaten. Er führt dort wichtige Verhandlungen. Er hat mir freie Hand gegeben, jemanden einzustellen. Vielleicht wird er sich mit Ihnen unterhalten, wenn er wieder da ist. Das wird allerdings einige Zeit dauern. Er ist ein vielbeschäftigter Mann, wie Sie sich denken können. In seiner Abwesenheit bin ich Ihre Ansprechpartnerin. Alles Wesentliche haben Sie der Annonce entnommen. Zudem entsprechen Sie den Anforderungen. Alors, wann könnten Sie mit der Arbeit beginnen?", das klang ziemlich ungeduldig.

„Na ja, theoretisch sofort. Ich brauchte allerdings ein paar Tage, um zu packen und meine Angelegenheiten zu regeln. Crannog House liegt ja nicht gerade um die Ecke. Da gibt es schon einiges zu organisieren." Ich hatte mir überlegt, dass ich meine Wohnung fürs Erste behalten würde, falls ich den Job bekommen sollte. Kündigen konnte ich sie immer noch. Also würde ich erst einmal meine persönlichen Sachen zusammenpacken. Gegebenenfalls konnte ich den Rest immer noch holen.

„Geht doch", Celine stand auf. „Ich zeige Ihnen jetzt ihre zukünftige Wohnung. Ihr Dienstwagen ist ein kleiner BMW.

Mit diesem Auto werden Sie Fia zur Schule nach Newborough fahren. Der Ort liegt auf Anglesey, es ist also nicht zu weit." Sie stockte und musterte mich unverhohlen. „Übrigens, nur so als Tipp: Mister Thorburn mag es, wenn die Personen in seinem Umfeld ein gewisses Aussehen haben. Vielleicht sollten Sie sich noch Garderobe zulegen, die …", sie stockte, fuhr dann aber fort, „die eher chic als praktisch ist. Bitte, ich gehe dann mal vor." Mit einer Handbewegung deutete sie mir an, ihr zu folgen, nicht ohne mich noch einmal abschätzend von oben bis unten zu taxieren.

‚Was für eine arrogante Ziege', dachte ich. Diese Person war mir jetzt schon unsympathisch.

Zugegeben, mit der tollen Figur, ihrem super gestylten Aussehen und der sexy Kleidung, konnte ich nicht mithalten, aber das wollte ich gar nicht. Mit gefühlt einem Kilo Makeup im Gesicht und falschen Wimpern würde ich mich niemals wohlfühlen. Zudem wäre ich wahrscheinlich nicht in der Lage zu atmen, geschweige denn zu essen, wenn ich mich in eine so enge Hose quetschen würde.

Aber so dünn, wie Celine war, aß sie wohl so gut wie nichts. Und mal ehrlich: wer trägt schon Highheels, wenn er mit Kindern arbeitet? Entsprechend war mein Outfit wie immer bequem und praktisch. Immerhin hatte ich mir extra für dieses Gespräch neue Schnürsenkel in meine Sneakers gezogen. Geschminkt hatte ich mich sehr dezent und meine Haare ... Ach ja, meine Haare. Sie waren eben ziemlich lockig, ziemlich rot und sehr, sehr störrisch. Sie in Form zu bringen war ein hoffnungsloses Unterfangen. So kringelten sie sich wirr in alle Richtungen. Aber irgendwie gehörten sie halt zu mir.

Ich beschloss, mich nicht durch Celines hochtrabende Art ärgern zu lassen und folgte ihr. Eigentlich konnte ich ja auch froh sein, dass sie mich so ohne weiteres einstellte. Hinzu kam, dass die Wohnung, die sie mir zeigte, mich vollends für ihr Verhalten entschädigte. Sie befand sich in einem kleineren Haus, das etwas abseits lag. Es schwebte, wie das Haupthaus, auf den Klippen. Meine Wohnung war im Obergeschoss und vom Balkon aus hatte ich einen atemberaubenden Blick auf die See.

„Unten wohne ich", erklärte Celine. „Wenn Sie also mal Gesellschaft suchen ...", fügte sie erstaunlicherweise hinzu.

Ich zuckte mit den Schultern. „Ich komme ganz gut mit mir allein zurecht. Das ist kein Problem."

Celine hob die Augenbrauen. „Ach, ja? Ist nur ein Angebot. Übrigens gibt es natürlich einen netten Privatstrand, den auch wir benützen dürfen. Jedenfalls, wenn Mister Thorburn nicht anwesend ist. Wenn dann alles geklärt ist, gehen wir zurück ins Büro und machen den Vertrag fest. Wäre es Ihnen zum nächsten Ersten Recht? Dann hätten Sie noch zwei Wochen, um alles zu regeln."

„Ja, das wäre in Ordnung", nickte ich.

„Gut. Jetzt zeige ich Ihnen noch den Dienstwagen, falls sie möchten. Sie können gleich hier übernachten, Stella, die

Haushälterin hat alles für Sie hergerichtet. Wenn sich Mister Thorburn auf einer Geschäftsreise befindet, dann essen sie mit dem Kind und machen es auch bettfertig. Das können Sie heute Abend direkt machen. Seit das letzte Kindermädchen gekündigt hat, hat Stella sich um das Kind gekümmert und ist dann erst nach Hause gefahren. Sie wird sich freuen, wenn sie heute früher heimkommen kann. Morgen nach dem Frühstück geht es für Sie zurück nach Hause und dann sehen wir uns ja bald wieder."

Das Dinner mit Fia und das anschließende zu Bett bringen erwiesen sich als unkompliziert. Sie schien froh zu sein, dass ich mich um sie kümmerte. So sah ich meiner neuen Arbeit mit Freude entgegen.

***

Nun lebte ich schon ganze zwei Wochen auf Crannog House, ohne den Hausherren zu Gesicht bekommen zu haben.

Wenigstens hatte ich inzwischen ein Foto von ihm gesehen und war beeindruckt. Er sah richtig gut aus: Groß, blond mit blauen Augen und einem ebenmäßigen Gesicht. Zudem war er gut gebaut und hatte ein tolles Lächeln. Doch strahlte er sogar auf dem Bild, das ihn und seine Tochter zeigte und in Fias Zimmer stand, Dominanz und Autorität aus. Trotz des Lächelns schien ihn eine merkwürdige, unterschwellige Düsterkeit zu umgeben.

Mit Fia verstand ich mich auf Anhieb gut. Die Kleine war ein wenig verschlossen, aber das brauchte einfach Zeit. Ich war guter Dinge, dass Fia sich mir weiter öffnen würde. Über ihren Vater sprach sie nicht viel. Er schien sich nicht oft um sie zu kümmern.

Es kamen Sätze wie: „Mein Vater hat immer so viel zu tun", oder: „Papa hat leider meistens keine Zeit für mich."

Dieser Vater kümmerte sich wohl nicht besonders um sein Kind. Vorsichtshalber fragte ich nicht nach der Mutter. Vielleicht würde ich das später einmal tun, wenn es sich so ergab.

Auch hatte Fia bisher nicht besonders gute Erfahrungen mit ihren diversen Kindermädchen gemacht, die häufig gewechselt hatten. Das es eine Menge Frauen gewesen waren, hatte Celine mir erzählt. Scheinbar waren sie allesamt nicht mit Connor Thorburn klargekommen. Ich nahm mir vor, mich ihm gegenüber gelassen und zurückhaltend zu verhalten. So würde ich schon mit ihm auskommen.

Jeden Morgen fuhr ich Fia zur Schule und jeden Nachmittag holte ich sie von dort ab. Zum Glück war der Weg nicht all zu weit und viel Verkehr gab es auch nicht.

Wider Erwarten kam ich mit Celine ganz gut zurecht, was auch daran lag, dass ich mich einfach nicht provozieren ließ. Und wie es immer so ist, hatte auch Celine zwei Seiten. Manchmal konnte sie ganz schön arrogant und zickig sein, aber gleichzeitig war sie großzügig und hilfsbereit.

Als ich zum vereinbarten Termin auf Crannog House ankam stellte ich fest, dass Celine ein Organisationstalent war. Sie hatte meine neue Wohnung noch einmal gründlich in Schuss bringen lassen, meinen Kühlschrank gut gefüllt und den Gärtner damit beauftragt, mir zu helfen, meine Sachen in die Wohnung zu schaffen. Sie bot sich sogar an, mir beim Einräumen zu helfen. Allerdings lehnte ich das gutgemeinte Angebot ab.

An meinem ersten Abend kam sie mit einer Flasche Wein zu mir hoch.

„Jetzt müssen wir aber erst mal auf deinen neuen Job anstoßen", erklärte sie. „Ich sage einfach mal du. Wir sind so ziemlich im gleichen Alter, schätze ich."

Dagegen hatte ich überhaupt nichts und während sie die Flasche öffnete, holte ich zwei Weingläser aus der mit Geschirr und Gläsern gut bestückten Küche.

„Kein Problem, ich bin sowieso nicht für übertriebene Förmlichkeiten. Lass uns auf den Balkon gehen", schlug ich vor.

„Wie ist er so", fragte ich, als wir es uns bequem gemacht hatten.

Celine schaute mich über ihr Glas hinweg an. „Du meinst Thorburn? Er ist ein Arsch, aber er bezahlt gut."

Uff, das war eine direkte Antwort. Ich blinzelte irritiert. „Wie jetzt? Wie meinst du das?"

„Wie ich es sage. Er ist ein Riesenarschloch. Arrogant, verletzend, nur auf seinen Vorteil bedacht. Er liebt es, die Leute in seinem Umfeld nieder zu bügeln. Du tust gut daran, ihm möglichst wenig Angriffsfläche zu bieten." Es schien Celines Art zu sein, immer zu sagen was sie dachte. In diesem Fall eben über ihren Chef.

„Meinst du das ernst? Dann sieh mal zu, dass er nicht aus Versehen hört, was du von ihm hältst." Nachdenklich nahm ich einen Schluck aus meinem Glas. „Ist er viel unterwegs?"

„Ja, das ist er und das ist gut so. Ich schmeiße hier den Laden, wenn er weg ist. Wenn ich ihn permanent auf dem Hals hätte, dann hätte ich ihm schon den Krempel vor die Füße geworfen. Aber so ist es ein super Job." Celine grinste mich an. „Er wird allerdings bald hier eintrudeln, denke ich mal. Dann wirst du ihn kennenlernen. Ich wünsche dir jetzt schon viel Spaß dabei. Und wenn ich dir noch einen guten Rat geben darf: Er kann durchaus ganz charmant sein, aber das ist nur vordergründig. Lass dich davon nicht einwickeln. In Wirklichkeit sucht er nur deinen Schwachpunkt, um dann kräftig zuzuschlagen. "

Ich schluckte. Celine schien einschlägige Erfahrungen mit Connor Thorburn gemacht zu haben. Oder sie übertrieb maßlos. Das konnte ich nicht so richtig abschätzen.

Jedenfalls sah mein Arbeitgeber auf dem Foto mit Fia überwältigend gut aus. Ich beschloss mich positiv zu geben, obwohl mir bei Celines Schilderung gar nicht wohl war.

„Ach was! Er wird schon nicht so schlimm sein. Vielleicht komme ich ganz gut mit ihm klar. Schließlich geht es auch um seine Tochter. Übrigens habe ich nicht vor, mich großartig mit ihm zu beschäftigen, jedenfalls nicht mehr, als nötig. Er ist ja nun mal mein Brötchengeber, nicht mehr und nicht weniger", sagte ich deshalb.

„Wir werden sehen." Celine musterte mich einen Augenblick. „Auf alle Fälle passt du nicht wirklich in sein Beuteschema. Ein Glück für dich."

Wenn wir schon über den Boss sprachen, konnte ich auch direkt nachfragen. „Ich habe gelesen, dass er geschieden ist? Kennst du seine Ex Frau?"

„Neugierig bist du gar nicht. Wo du dich doch nicht wirklich mit ihm beschäftigen willst." Celine konnte echt dreckig grinsen. „Klar kenne ich die Ex. Allerdings nur flüchtig, weil ich noch nicht für Thorburn gearbeitet habe, als er verheiratet war. Sie holt sich ab und zu das Kind. Wenn es ihr gerade in den Kram passt. Sie sieht immer super aus, das muss ich schon sagen, aber das ist kein Wunder. Schließlich hat ihr die Heirat eine Menge Kohle eingebracht. Die hat bis an ihr Lebensende ausgesorgt, wenn sie es geschickt anstellt", an dieser Stelle seufzte Celine theatralisch. „Was würde ich darum geben, auch mal so einen fetten Fisch an Land zu ziehen."

Bei ihrer Schilderung wurde es mir kalt und ich zog fröstelnd die Schultern hoch. Fia tat mir leid. Eine Mutter, die sich gelegentlich blicken ließ. Ein Vater, der selten Zeit hatte und ständig wechselnde Kindermädchen. Was half es da, dass die Kleine ihr Zimmer voller Spielzeug hatte? Kein Wunder, dass sie verschlossen war. Ich beschloss, mich ganz besonders um Fia zu kümmern und die Stelle nicht so einfach aufzugeben.

Auch Stella, die Köchin und Haushälterin, war nicht besonders gut auf den Hausherrn zu sprechen. Doch drückte sie sich weniger drastisch als Celine aus. „Kind, wenn ich Ihnen einen guten Rat geben darf", raunte sie mir beim gemeinsamen Frühstück mit Fia zu. „Lassen sie sich auf keine großen Diskussionen mit Mister Thorburn ein. Er neigt dazu, ein wenig rechthaberisch zu sein und kann es nicht so gut haben, wenn man ihn widerspricht."

Sie strich Fia sacht über die Haare. „Schmeckt es dir, Liebes?"

Die Kleine strahlte sie an. „Ja, es schmeckt alles gut, was du kochst. Hast du schon gehört, dass Papa bald nach Hause kommt. Ich freue mich so auf ihn."

„Ja, das weiß ich, schließlich werde ich dann auch für ihn kochen und muss dazu Vorbereitungen treffen", lächelte Stella und warf mir einen bedeutungsvollen Blick zu.

„Vielleicht bleibt er dieses Mal ein bisschen länger, dann können wir etwas unternehmen", plapperte Fia aufgeregt weiter. „Ich würde gern wieder zusammen mit Papa mit dem Boot fahren."

„Das wäre schön. Ich muss jetzt zurück in meine Küche." Plötzlich hatte es Stella eilig.

„Armes Kind", hörte ich sie im Hinausgehen murmeln.

Fia hatte davon nichts mitgekommen. „Vielleicht nehmen wir dich mit auf eine Bootstour, Kim", sagte sie mit roten Wangen. „Du kommst doch mit, nicht wahr?", setzte sie zögernd hinzu.

Ich lächelte sie an. „Klar komme ich mit. Aber warten wir doch erst einmal, bis dein Papa da ist. Vielleicht hat er schon etwas Anderes geplant, wer weiß."

***

Heute würde ich also den mysteriösen Connor Thorburn kennenlernen. Nach all den Bemerkungen und Andeutungen über ihn war ich gleichzeitig gespannt und nervös. Immer wieder sagte ich mir, dass ich doch nur das Kindermädchen wäre und mit Fia richtig gut klar kam. Die Kleine mochte mich, was auf Gegenseitigkeit beruhte. Wir kamen gut zurecht. Alles andere würde Thorburn nicht interessieren.

Trotzdem zog ich mich an diesem Morgen besonders sorgfältig an und versuchte sogar, meine Haare einigermaßen zu bändigen, was nur bedingt gelang. Jedenfalls hatte ich es aus dem Gesicht gebunden und kam mir ziemlich hübsch vor.

Wie immer hatte ich Fia am Morgen zur Schule gebracht und heute schon gegen Mittag wieder abgeholt. Die Kleine aß kaum zu Mittag. Sie war ganz kribbelig und ein bisschen enttäuscht, dass ihr Vater noch nicht da war. Ich versuchte sie zu beruhigen. „Du wirst sehen, dein

Papa kommt bestimmt bald. Schade, dass er vergessen hat zu sagen, wann er genau ankommt. Aber bestimmt freut er sich ganz doll auf dich."

„Meinst du?", die Kleine schaute mich treuherzig an.

„Ja klar! Deine Hausaufgaben hast du heute nicht in der Schule gemacht. Am Besten du erledigst sie sofort, dann hast du richtig viel Zeit, wenn er angekommen ist."

„Das ist ein guter Vorschlag. Zum Glück haben wir nicht viel aufbekommen."

Tatsächlich waren die Hausarbeiten schnell erledigt. Während wir noch ein wenig lesen übten, öffnete sich die Zimmertür.

„Papa", jubelte Fia und warf sich ihrem Vater in die Arme. Der hob sie hoch und drückte sie kräftig an sich. „Hallo, Fia. Wie geht es dir?"

„Aua, nicht so doll drücken", kicherte die Kleine. „Mir geht es gut. Ich habe eine neue Freundin. Kim."

Dieser Satz freute mich ungeheuer, denn damit hatte ich gar nicht gerechnet. Zögernd stand ich auf, ging auf die beiden zu und steckte meine Hand aus. „Guten Tag, Mister Thorburn. Ich bin Kim Engel, das neue Kindermädchen. Es ist schön, Sie endlich kennenzulernen."

„Stimmt. Celine hat irgendetwas von einem neuen Kindermädchen gesagt", während dieser Worte setzte er Fia ab und gab mir die Hand.

Ich musterte ihn verstohlen. Er sah verdammt gut aus. Noch besser als auf dem Foto. Sein Outfit musste eine Maßanfertigung sein. Die Jeans schmiegte sich um seine Hüften und der Sweater ließ auf einen durchtrainierten Oberkörper schließen. Aber wahrscheinlich würde dieser Mann sogar in einem ollen, ausgeleierten Jogginganzug fantastisch aussehen.

Thorburn grinste mich maliziös an. „Kann ich meine Hand wiederhaben? Oder brauchen Sie sie für irgendeinen Zweck? Ich könnte mir tatsächlich eine Menge vorstellen."

Mir wurde heiß. Hastig zog ich meine Hand zurück. Tatsächlich hatte ich vergessen ihn loszulassen, dabei wollte ich doch cool und unnahbar wirken. Gerade nach Celines Warnung!

„Ähm ... sorry ... ich ...", ich verstummte verzagt und registrierte, dass er gar nicht daran dachte, mich aus der Verlegenheit zu befreien, sondern mich weiter amüsiert - boshaft musterte.

Dann wandte er sich an seine Tochter: „Das ist also deine neue Freundin? Wenn du sie magst, dann darfst du sie erst einmal behalten. Aber vielleicht kannst du ihr gelegentlich beibringen, etwas mit ihrem Haar zu machen. Oder du leihst ihr ein paar Spangen, damit es nicht so komisch absteht. Das sieht bestimmt besser aus."

„Also, das ist ja ...", ich holte tief Luft, während mein Gesicht inzwischen wahrscheinlich die Farbe eines Feuermelders angenommen hatte.

„Aber Papa ...", Fia ließ mich nicht zu Wort kommen. Das war ganz in Ordnung, weil ich irgendwie gar nicht wusste, was ich sagen sollte. Dieser Mann war einfach unmöglich! Am Liebsten hätte ich ihn gehauen und zwar mitten in das grinsende Gesicht! Aber das kam nicht in Frage, schließlich wollte ich meinen Job behalten.

„... also mir gefallen Kims Haare. Sie sind so schön struwwelig. Überhaupt gefällt Kim mir ganz und gar. Du sollst nicht so über sie reden."

Das wurde ja immer schöner. Jetzt musste mich schon ein Kind verteidigen, weil mir die Worte fehlten.

Thorburn beugte sich zu seiner Tochter hinab. „Ist schon gut. Ich sage nichts weiter. Es ist nett, dass du dich gut mit ihr verstehst. Jetzt werde ich unter die Dusche gehen. Es war ein langer Flug. Wir sehen uns beim Abendessen. Bis nachher Kleines. Bis dann mal, Miss Stunned." Er warf mir einen undefinierbaren Blick zu und ging. Fataler Weise spukten mir sofort Bilder im Kopf herum. Thorburn unter der Dusche oder nur mit einem Handtuch um die Hüften ...

„Mach dir nichts draus. Er meint es nicht so", versuchte Fia mich zu trösten.

***

Zum Glück wurde beim Abendessen auf meine Anwesenheit verzichtet. Das hatte mir Celine schon beim Einstellungsgespräch gesagt. Thorburn legte Wert darauf, allein mit seiner Tochter zu Frühstücken und zu Abend zu essen, wenn er da war und er brachte sie selbst ins Bett. Ich war heilfroh darüber, denn ich wusste nicht, wie ich mich bei einer erneuten Begegnung mit diesem unmöglichen Menschen verhalten sollte.

Ich bereitete mir eine Kleinigkeit in meiner Wohnung zu, aber eigentlich hatte ich gar keinen Hunger. Mit vielem hatte ich gerechnet, aber nicht mit solch einer Szene beim ersten Zusammentreffen. Also schien Celine wirklich Recht mit ihrer Einschätzung zu haben. Connor Thorburn war ein Arschloch. Ein arrogantes Arschloch noch dazu.

Nachdem ich lustlos in meinem Essen herumgestochert hatte, versuchte ich mich auf ein Buch zu konzentrieren, was mir nicht wirklich gelingen wollte. Das Fernsehprogramm bot die normale Mi-

schung aus Seniorenprogramm, Endlos-
serien und Verdummung Marke
‚Dschungel sucht König' und ‚Bauern im
Camp'. Also beschloss ich, zum Strand
hinunter zu gehen, um den Kopf frei zu
bekommen. Zum Glück waren die Wege
auf dem Grundstück durchgehend er-
leuchtet, so dass ein Spaziergang kein
Problem darstellte.

Gedankenverloren machte ich mich auf
den Weg. Was war nur mit diesem
Mann, dass er mich so aus der Fassung
brachte? Das war mir mit Dominik nicht
mal zu Anfang unserer Beziehung passiert. Obwohl ich mich in ihn verliebt
hatte, übte er zu keiner Zeit eine derartige Faszination auf mich aus. Auch der
Sex mit ihm war nett gewesen, aber sicher nicht überwältigend, wie ...

Stopp! Nun schien ich echt überzu-
schnappen. Diesen unmöglichen Connor
Thorburn hatte ich einmal gesehen, wobei er sich gnadenlos lustig über mich
gemacht hatte, und jetzt dachte ich über
Faszination und Sex mit ihm nach?

Verwirrt schüttelte ich den Kopf. „Hör sofort auf damit", murmelte ich und kickte gegen einen Stein.

„Selbstgespräche?", vernahm ich eine wohlbekannte Stimme aus dem Dunkel und blieb abrupt stehen.

Nebenbei registrierte ich, dass ich tatsächlich am Strand angekommen war. Normalerweise hätte ich das Szenario toll gefunden. Der von hohen Felsen eingerahmte Sandstrand, das gemütlich aussehende, von einigen dämmrigen Lampen beleuchtete kleine Strandhaus. Das sah schon toll aus. Aber unter diesen Umständen hätte ich am Liebsten direkt wieder kehrt gemacht. Nun, diese Blöße würde ich mir nicht noch einmal geben. Also versuchte ich, Thorburn im Dunkel auszumachen. Seine Stimme war von einer der Felswände gekommen. Dorthin wandte ich mich.

„Macht es Spaß, Leute im Dunkeln zu belauschen?", fragte ich schnippisch.

Er lachte leise. „So würde ich das nicht nennen. Immerhin ist es mein Strand, an dem ich hier in aller Seelenruhe stehe und den Wellen lausche."

„Dann will ich sie nicht länger stören - beim Lauschen", auch das klang einfach nur zickig, aber ich konnte nicht anders.

Plötzlich stand er viel zu nah bei mir. „Alles gut. Kommen Sie runter. Warum sind Sie so aggressiv?"

„Pah", ich schnaubte hörbar durch die Nase. Das fragte er tatsächlich? Nachdem er sich bei unserer ersten Begegnung über mich schlappgelacht hatte. „Ich bin nicht aggressiv", quetschte ich heraus.

„Dann ist es ja gut. Kommen Sie, ich zeige Ihnen meinen Lieblingsplatz."

Er nahm tatsächlich meinen Arm und führte mich ein paar Schritte zur Seite. Zu meiner eigenen Überraschung folgte ich ihm. Ich konnte es selbst nicht fassen! Statt ihm meinen Arm zu entziehen, einfach kehrt zu machen und zu meiner Wohnung zu gehen, stolperte ich neben ihm her wie ein dummes Schaf. Das ich ja wohl auch war!

Schließlich blieb er stehen, legte seinen Arm um mich, beugte sich mir zu. Sein Duft stieg mir in die Nase. Männlich, herb, ein Hauch von Parfüm, Zedernholz vielleicht. Ich konnte gar nicht anders, als näher an ihn heranzurücken, was er mit einem kleinen Lachen quittierte. Sofort versuchte ich wieder Abstand zwischen uns zu bringen. Ein sinnloses Unterfangen. Er hielt mich mühelos fest, was mir nicht gerade unangenehm war.

„Bitte, ich möchte gern zurück", stammelte. Dieser Mann brachte mich pausenlos aus der Fassung.

„Aber, aber, Kim. Ich darf doch Kim sagen." Seine Stimme klang trügerisch sanft.

Zögernd nickte ich. „Ja, sicher."

„Also, Kim. Bleiben Sie noch einen Moment." Er zog mich noch näher, was mir die Knie weich werden ließ. „Ist es nicht schön und friedlich?

Schön war es in der Tat hier. Die Wellen plätscherten sanft an den Strand. Der volle Mond spiegelte sich im Wasser und die Sterne plinkerten am wolkenlosen

Himmel. Das ganze sah aus, wie auf einem Hochglanz Werbefoto. Einfach zu schön, um wahr zu sein.

Ich seufzte. „So nett es hier ist. Trotzdem ... Ich gehe lieber wieder zurück."

„Unsinn. Niemand wartet auf dich. Bleib einfach hier, genieße den Augenblick und lass dich fallen."

Verwirrt nahm ich zur Kenntnis, dass Thorburn mich plötzlich duzte. Hinzu kam, dass er seine Hände sanft über meinen Rücken streichen ließ. Die Berührung ließ mich erschauern.

„Oh, dir ist doch hoffentlich nicht kalt", raunte er mir ins Ohr. „Dagegen müssen wir dringend etwas unternehmen."

Ehe ich reagieren konnte, hatte er sich zu mir hinunter gebeugt und berührte meine Lippen. Erst sacht und bedächtig, dann leidenschaftlich, feucht und fordernd. Mein Mund öffnete sich wie von selbst, unsere Zungen spielten miteinander. Feuchte Wärme machte sich zwischen meinen Schenkeln breit. Ich schmiegte mich an ihn, fühlte seine

Hände auf meinen Brüsten, stöhnte leise auf.

Mit einem leisen Lachen löste er sich von mir. „Wie ich es mir dachte. Ich könnte dich jetzt und sofort nehmen. Hier am Strand, die Felswand im Rücken, mit gerafften Röcken würdest du stöhnen und wimmern. Du bist leicht zu haben, Miss Stunned."

Wenn er mir einen Eimer eiskaltes Wasser über den Kopf geschüttet hätte, so wäre das nicht ernüchternder gewesen. Schnell trat ich einen Schritt zurück. „Das ist ja wohl das Letzte. Was bilden Sie sich ein!"

„Ich bilde mir gar nichts ein. Ich habe lediglich ein Experiment durchgeführt und einmal mehr festgestellt, dass sich mein erster Eindruck bewahrheitet hat", erklärte er und kam sich bestimmt richtig cool vor. Was für ein arroganter Mistkerl! „Das naive Kindermädchen. Vordergründig spröde, aber eigentlich richtig heiß. Deine letzte Beziehung ist gescheitert", er schaute mich aufmerksam an.

Eigentlich hätte ich einfach gehen müssen, aber irgendetwas hielt mich hier fest, ließ mich seine Wiederwertigkeiten anhören.

„Du bist aus Hamburg geflüchtet, weil dein Kerl dich betrogen hat. Mit irgendeiner Tussi, die dir im Grunde nicht das Wasser reichen kann. Du hast ihm wohl nicht genug geboten. Deshalb hat er sich woanders bedient. Aber im Grunde hat er dich gelangweilt. Er hat dich nicht anmachen können, weil er eine Pussy ist. Du brauchst es hart. Du musst dominiert werden. Das willst du nicht wahr haben, aber es ist nur eine Frage der Zeit, dass du entdeckst, wie geil es ist, wenn ein Kerl dir die Sporen gibt."

„Jetzt reicht es aber! Macht es Ihnen Spaß, Leute zu verletzen? Geilen Sie sich daran auf, oder was? Wahrscheinlich fangen Sie gleich an zu sabbern. Das muss ich mir wirklich nicht anhören." Ich war aus meiner Erstarrung erwacht, stand jetzt vor ihm, wutentbrannt, die Hände in die Hüften gestützt.

Er lachte laut heraus. „Endlich zeigst du dein wahres Gesicht. So gefällst du mir. Mit zornblitzenden Augen und überhaupt nicht unterwürfig. Du kleine Wildkatze. Am liebsten würdest du kratzen und beißen, nicht wahr. Dich zu zähmen wird eine Herausforderung sein. Aber es wird sich lohnen."

„Träum weiter!", mit diesen Worten drehte ich mich um und stapfte davon. Ich hätte ihm wirklich am Liebsten die Augen ausgekratzt. Aber was würde das bringen? Mühsam bezähmte ich meine Wut. Tränen liefen mir über die Wangen. Ich heulte vor lauter Frust und Zorn. Über mich, die ich mich hatte hinreißen lassen, mich von ihm küssen und streicheln zu lassen. Aber auch, weil ich ihm nichts entgegenzusetzen hatte. Noch immer konnte ich seine Lippen auf meinem Mund, seine Hände auf meinen Brüsten spüren. Ob ich es wollte oder nicht, Connor Thorburn zog mich magisch an.

***

Wie ich zum Haus gekommen war, wusste ich gar nicht so richtig, so sehr war ich mit mir, mit der unmöglichen Situation beschäftigt. Jedenfalls fummelte ich den Schlüssel aus der Tasche, was eine Weile dauerte, weil meine Hände immer noch zitterten.

„Alles klar?" Ich sah das Aufglimmen einer Zigarettenspitze. Celine stand im Dunkel an ihrem Fenster und rauchte. Ich traute meiner Stimme nicht, nickte stumm.

„Das sieht aber nicht so aus. Komm doch einen Moment rein. Ich mach dir gleich die Tür auf."

Oh Gott - das hatte mir jetzt auch noch gefehlt. Celine, die versuchte, sich um mich zu kümmern. Ehe ich etwas erwidern konnte, hatte sie das Fenster geschlossen. Im Hausflur erwartete sie mich, lehnte an ihrem Türrahmen, musterte mich kritisch. „Wie siehst du denn aus? Was ist passiert?"

„Gar nichts!" Ich versuchte, mich an ihr vorbeizudrücken, was gründlich misslang. Sie fasste mich einfach unter und dirigierte mich in ihre Wohnung. Dort goss sie mir ein Glas Rotwein ein. „Du kannst auch gern etwas Stärkeres haben, kein Problem", merkte sie an.

Ich winkte ab, ließ mich in einen Sessel sinken. „Lass mal, alles gut." Entschlossen griff ich zum Glas, leerte es in einem Zug. ‚Vielleicht ist es gar nicht so schlecht, mich heute Abend zu betrinken', dachte ich, aber schnell schob ich den Gedanken beiseite. Fia war schließlich auch noch da.

Celine musterte mich teils abschätzend, teils mitleidig. „Ich glaube ich weiß, was los ist. Du bist Thorburn über den Weg gelaufen und hast dich auf ein Gespräch mit ihm eingelassen. Hat er wieder mal ins Schwarze getroffen? Ich habe dich gewarnt. Er ist ein Arschloch. Wenn du ein Sensibelchen bist, dann wird das hier nichts."

„Bin ich doch gar nicht. In der Regel kann ich schon einiges ab, aber dieser Mann ...", ich schluckte, wusste nicht weiter.

„Hat er dich angemacht, oder was?", jetzt schaute Celine ausgesprochen amüsiert aus der Wäsche. „Oder hat er wieder einmal versucht, sich besser zu fühlen, indem er jemanden runter macht?"

„Na ja, also ...", druxte ich herum und merkte, dass ich rot wurde. Jedenfalls fühlte sich mein Gesicht ziemlich heiß an.

„Also hat er dich angemacht", stellte Celine fest. Sie stand auf, füllte mir Rotwein nach. „Das musst du nicht persönlich nehmen. Er versucht alles zu vögeln, was nicht schnell genug auf den Bäumen ist. Allerdings hätte ich das in deinem Fall gar nicht erwartet. Du bist nicht wirklich sein Typ. Er scheint es dringend nötig zu haben. Sorry", fügte sie hinzu, als sie meinen Gesichtsausdruck bemerkte.

„Danke, das ist ja mal ne nette Einschätzung." Jedenfalls brachte Celine mich dazu, die ganze Sache nicht mehr so ernst zu sehen. „Du scheinst dich auszukennen. Warst du mit ihm im Bett?" Der letzte Satz war nicht ganz ernst ge- meint.

Ich staune nicht schlecht, als Celine nick- te. „Ja, klar. Er ist ein fantastischer Lieb- haber. Dominant, aber richtig gut. Und er sorgt dafür, dass du als Mädel voll auf deine Kosten kommst. Ab und zu brau- che ich einfach einen guten Fick, sonst bin ich nicht ausgelastet. Aber das war nur ein Zwischenspiel. Ein - Zweimal. Dann hat er mir klar gemacht, dass wir entweder weiter bumsen können oder zur Tagesordnung, Chef und Angestellte, zurückkehren. Das war mir ganz Recht. Er ist auf Dauer anstrengend, weil er mega verletzend und bösartig sein kann. So ein dickes Fell habe selbst ich nicht. Jetzt sind wir auf einem Level, an dem ich seine gelegentlichen Gemeinheiten einfach an mir abprallen lassen kann. Und er zahlt gut, was für mich die Hauptsache ist", sie musterte mich für einen Moment. „Sag mal, hast du mit ihm geschlafen, weil du so von der Rolle bist?"

Energisch schüttelte ich den Kopf. „Nein! Habe ich nicht, werde ich auch nicht tun. Dieser widerliche Macker kommt mir nicht zu nahe."

Wohlweislich verschwieg ich, dass es eher an ihm als an mir gelegen hatte. Dafür schämte ich mich zu sehr.

„Wie kannst du bloß so abgebrüht sein. Ich könnte niemals ein Verhältnis mit meinem Boss anfangen und nach dessen Beendigung weiter für ihn arbeiten."

Celine zuckte mit den Schultern. „Wenn man im Leben weiterkommen will, muss man Nehmerqualitäten entwickeln. Da kann man nicht zimperlich sein."

Ich prustete los. Plötzlich erschien mir die Begegnung mit Thorburn wie ein unwichtiges Zwischenspiel. Oder lag das eher am Wein?

„Nehmerqualitäten ist gut", quetschte ich immer noch lachend heraus. „Im wahrsten Sinne des Wortes."

Celine stimmte in mein Lachen mit ein. „Kann man so sagen. So gefällst du mir schon besser. Lass dich von Thorburn nicht so nieder machen. Denn er ist weiter nichts. Nur unser Chef. Privat müssen wir uns wirklich nicht mit ihm abgeben."

Mein Weinglas war schon wieder leer, sie füllte es nach. „Auf uns. Ich glaube dies ist der Beginn einer langen und wunderbaren Freundschaft ..."

***

Am nächsten Morgen fühlte ich mich nicht besonders, was kein Wunder war. Ich hatte in der Nacht kaum geschlafen. Immer wieder hatte ich mir ausgemalt, wie ich Thorburn eiskalt abblitzen lassen würde, wenn er sich mir wieder näherte. Cool wollte ich bleiben und tiefenentspannt. Nie wieder würde ich ihm die Chance geben, mir nahe zu kommen. Da konnte er noch so betteln. Das hatte ich zusammen mit Celine beschlossen. Wir hatten noch lange zusammengesessen und uns unterhalten, wobei sich bewahrheitete, was ich mir schon gedacht hatte. Unter der rauen, arroganten Schale verbarg sich eine richtig nette Person mit Mutterwitz und einen weichen Herz.

Doch vorerst bekam ich Thorburn gar nicht zu Gesicht. Wenn ich ins Haupthaus zu Fia kam, hatte er bereits mit ihr gefrühstückt.

„Papa hat schon wieder so viel zu tun. Er sitzt in seinem Büro und telefoniert andauernd. Oder er tippt auf seinem Laptop herum. Bestimmt muss er bald wieder weg und wir haben gar nichts miteinander gemacht", erzählte mir die Kleine. Das klang ziemlich traurig.

„Aber er hat mit dir gefrühstückt. Das ist doch nett von ihm", versuchte ich das Kind zu trösten. „Du wirst sehen: Sobald er nicht ganz so viel zu tun hat, wird er bestimmt etwas Schönes mit dir unternehmen."

Insgeheim war ich zwar froh, dass ich Thorburn nicht begegnete, brachte es aber nicht übers Herz Fia das merken zu lassen.

„Ach, er hat ja nie Zeit." Fia ließ den Kopf hängen.

Ich nahm sie in den Arm. „Dann werde ich mit ihm reden. Vielleicht merkt er gar nicht, dass er immerzu nur arbeitet und nimmt sich dann ein bisschen mehr Zeit für dich", sagte ich entschlossen und nahm mir vor, bei Gelegenheit mit Thorburn darüber zu sprechen, wie frustriert die Kleine war.

Nachdem ich Fia zur Schule gebracht hatte, fuhr ich nachdenklich zum Anwesen zurück. Was war nur los mit diesem Mann? Nicht genug, dass er sich arrogant und einfach fies mir gegenüber verhalten hatte, was, laut Celine, wohl sein normales Verhalten war, schien er sich zudem kaum um seine Tochter zu kümmern. Offensichtlich litt die Kleine darunter.

Nun, Probleme sind dazu da, gelöst zu werden. Obwohl es mir bei dem Gedanken etwas flau im Magen war, beschloss ich, wenn möglich sofort mit Thorburn darüber zu reden.

Also ging ich zu Haupthaus und direkt zu Celine ins Büro.

„Morgen, Süße", begrüßte sie mich. Es war bemerkenswert, wie sie es schaffte so gut auszusehen, wo wir wieder einmal die halbe Nacht zusammengesessen und geredet hatten. Gegen sie kam ich mir vor wie das sprichwörtliche hässliche Entlein.

„Guten Morgen. Ich würde gern mit Thorburn sprechen. Hat er Zeit?"

Sie zog belustigt die Augenbrauen nach oben. „Oh, tatsächlich? Das wird sicher eine interessante Unterhaltung. Ich frage mal nach, einen Moment."

Sie hob den Telefonhörer ab, tippte eine kurze Nummer ein. „Hallo Connor. Miss Engel ist hier. Sie möchte mit Ihnen sprechen. Haben Sie Zeit."

Einen Moment lauschte sie. „Okay, ich schicke sie gleich zu Ihnen", und zu mir gewandt: „Süße, du hast Glück - oder auch nicht, das ist Ansichtssache. Er erwartet dich. Lass dich bloß nicht wieder so runtermachen. Im Moment habe ich nämlich keine Zeit dazu, dich wieder aufzurichten." Sie zwinkerte mir zu. „Du weißt wo es langgeht."

„Danke. Ja, das hoffe ich doch", würgte ich heraus, weil mir plötzlich ganz flau im Magen war und ich Angst vor meiner eigen Courage hatte.

Thorburns Büro war ein paar Türen weiter den Flur entlang.

„Ja, bitte", erklang es, nachdem ich angeklopft hatte. Thorburn saß hinter einem gewaltigen Schreibtisch, der mit zwei

Monitoren, einer Tastatur, allen möglichen Papieren und wer-weiß-was voll-
gepackt war.

„Ah, Miss Stunned. Schön dich zu sehen.
Was führt dich zu mir. Setz dich doch."

Am Liebsten hätte ich ihm das selbstge-
fällige Grinsen aus dem Gesicht geboxt.
‚Stop', rief ich mich zur Ordnung. ‚Es
geht nicht um dich, sondern um Fia, also
nimm dich zusammen. Sei professionell.'
Also setzte ich mich erst einmal vor den
Schreibtisch und räusperte mich, weil
ich plötzlich einen Frosch im Hals hatte.

Wieder traf mich belustigter Blick. „Ich
beiße nicht. Nur in Ausnahmefällen und
dies ist wirklich keiner."

Ich holte tief Luft. „Es geht um Ihre
Tochter. Ich muss mit Ihnen über sie
reden ..."

„Du kannst mich ruhig duzen. Ich neige
nicht dazu, mich von Frauen siezen zu
lassen, die ich bereits geküsst habe. Übrigens, du schmeckst gut. Ich werde dich
noch überall kosten und du wirst nach
mehr schreien."

Hitze stieg mir in das Gesicht. Nicht gut! Das war kein gelungener Gesprächsanfang.

„Schon bald", fügte er trügerisch sanft hinzu. „Aber das nur am Rande. Was ist also mit Fia? Gibt es Probleme?" Wie schaffte er es nur, den Schalter derart umzulegen. Jetzt klang er professionell und ein wenig gereizt.

Ich beschloss, nicht auf die unmöglichen Bemerkungen einzugehen. „Die Kleine ist nicht glücklich mit der Situation. Sie sind häufig auf Reisen, allein das ist schon schwierig für das Kind. Nun befinden Sie sich aber hier und haben trotzdem keine Zeit für Fia. Wäre es nicht möglich, etwas mit ihr zu unternehmen? Sie würde sich total darüber freuen."

Thorburns Miene verschloss sich. „Meine liebe Miss Engel. Ihre guten Ratschläge in allen Ehren, aber wie ich mit meiner Tochter umgehen, geht Sie nichts an."

Plötzlich war das ‚Du' verschwunden. Das war mir nur Recht. „Ich möchte

Ihnen wirklich nicht zu nahe traten. Sie sind ein erfolgreicher Geschäftsmann und haben viel um die Ohren. Das ist mir völlig klar. Aber trotzdem könnten Sie sich etwas mehr Zeit für Fia nehmen. Das Kind sehnt sich nach mehr Aufmerksamkeit - nach Ihrer Aufmerksamkeit", versuchte ich es noch einmal.

Thorburn stand auf. „Ich habe nicht vor, mich vor Ihnen rechtfertigen. Das Kind kann froh sein, dass ich es nicht in einem Internat untergebracht habe. Das wäre die leichteste Lösung gewesen, nachdem es seine Mutter bei mir abgeladen hatte. Ich bin ganz bestimmt auf Fias Wohl bedacht, schließlich habe ich Sie angestellt, damit Sie sich um meine Tochter kümmern. Das sollte doch wohl genügen. Also strengen Sie sich mehr an, damit das Kind keine Langeweile hat." Mit den Händen in den Hosentaschen fixierte er mich finster.

Auch ich hatte mich erhoben. „Darum geht es doch gar nicht. Ich kümmere mich gern um Ihre Tochter. Sie ist ein so liebes, nettes Mädchen, das ich sehr mag. Aber sie würde halt gern mehr Zeit mit ihrem Papa verbringen. Ist das denn so unverständlich? Ab und zu werden Sie sich doch von Ihren Geschäften freimachen können. Das wäre auch schön für Sie! Mit jemandem zusammen zu sein, der Sie lieb hat ist doch nicht das Schlechteste, oder? Bitte überlegen Sie es sich für Fia. Jeder Mensch will geliebt werden, sogar Sie, vermute ich mal. Sie können nur gewinnen."

Das hatte gesessen. Thorburn nahm wieder hinter seinen Schreibtisch Platz. „Jetzt setz dich schon hin, Miss Stunned", brummte er. „Ich sehe ja ein, dass du hehre Absichten hast. Irgendwie kommst du mir vor, wie eine Tante von den Zeugen Jehovas. Missionieren um jeden Preis, auch wenn es dazu gar keine Veranlassung gibt. Übrigens scheinst du auch die Kleiderordnung der Sekte übernommen zu haben. Kannst du dir nicht mal etwas weniger Praktisches anziehen?"

Er ließ seinen Blick über mein Hoodie und die Baggy Jeans wandern und brachte es fertig, dass ich mich richtig mies angezogen fühlte. Dabei machte ich mir sonst nie Gedanken über mein Outfit. Praktisch musste es sein und bequem, das war alles. Bisher war ich damit immer gut klar gekommen und hatte mich wohl in meinen Klamotten gefühlt. Und dazu noch der Vergleich mit den Zeugen Jehovas! Ich schnappte nach Luft.

„Also wirklich! Wir reden hier über Fia und nicht über irgendwelche Sekten oder Kleiderordnungen. Was ich anziehe geht Sie gar nichts an. Übrigens möchte ich von Ihnen gesiezt werden. Das ist doch wohl nicht zu viel verlangt."

Er hob die Hände. „Aber, aber. Ich muss dir Recht geben, wenn ich dich erst einmal ausgezogen habe, du nackt und willig vor mir liegst, dann kümmert es mich wirklich nicht, wie du bekleidet warst. Es wird mir ein Vergnügen sein. Was das ‚Sie' anbelangt: Wenn du mich weiter Siezen willst - bitte sehr, ich erlaube es dir. Damit wäre die Unterredung für mich beendet. Für Fia ist hervorragend gesorgt. Sie bekommt alles, was sie sich nur wünscht. Ich verbitte mir weitere Einmischungen von deiner Seite. Und jetzt kannst du gehen. Ich habe noch einiges zu tun." Demonstrativ beugte er sich über irgendwelche Unterlagen auf seinem Schreibtisch.

Für einen Moment blieb ich noch im Raum stehen. Mit offenem Mund. Zu gern hätte ich ihm etwas erwidert, was ihn getroffen hätte, aber mir fiel einfach nicht ein, was ich hätte sagen können.

„Ich, nackt und willig, niemals", würgte ich schließlich heraus. Dann machte ich auf dem Absatz kehrt und verließ möglichst würdevoll den Raum. In der Tür guckte ich über die Schulter. Thorburn hatte den Kopf von den Unterlagen gehoben. Er schaute mir mit glitzernden Augen nach. Unsanft schloss ich die Tür zu seinem Büro hinter mir.

Celine steckte den Kopf durch ihre Bürotür. „Na, gut gelaufen?"

Am Liebsten wäre ich an ihr vorbeigestapft, aber das war nicht möglich, denn sie stellte sich mir in den Weg.

„Deiner Gesichtsfarbe nach hattet ihr entweder eine Auseinandersetzung oder gnadenlosen Sex. Du siehst aus wie ein Feuermelder und irgendwie etwas mitgenommen."

Entschlossen schob ich sie zur Seite. „Auseinandersetzung kommt hin. Sex mit Thorburn!!! Ha - im Leben nicht. Das überlasse ich den dämlichen Betthäschen, die er mit seinem blöden Machogehabe beeindrucken kann."

„Okay, ist ja schon gut. Krieg dich erst mal ein", Celine verschwand wieder in ihrem Büro.

Mit kerzengradem Rücken machte ich mich davon.

Wenn mich nicht alles täuschte, hörte ich hinter mir Thorburn leise lachen.

***

„Milton Bain kommt in den nächsten Tagen!"

Wieder einmal saßen wir in Celines Wohnzimmer bei einem Glas Wein um den Tag ausklingen zu lassen.

Einen Tag nach der Auseinandersetzung mit Thorburn war er kurzfristig abgereist. Wie Celine andeutete, war er dabei, ein größeres Geschäft einzustielen. Einzelheiten dazu erzählte sie mir nicht, was mir nur Recht war. Im Moment wollte ich nichts über diesen Mann hören und ihn schon gar nicht sehen. Also kam mir seine Abreise höchst gelegen.

Fia war wie erwartet traurig, aber ich versuchte alles, um sie aufzuheitern. Die Wochenenden verbrachten wir zusammen, gingen in den Zoo, machten ein Picknick am Strand, zu dem uns Stella allerhand Leckereien einpackte. Abends las ich Fia vor und als sie mich darum bat, kuschelte ich mich zu ihr ins Bett und wartete, bis sie eingeschlafen war. Ich hatte das arme reiche Mädchen in mein Herz geschlossen.

Jetzt horchte ich interessiert auf. „Wer ist das?"

Celine strahlte mich an. „Das ist ein guter Freund von Thorburn. Frag mich nicht, wieso. Gegensätzlicher können zwei Männer nicht sein. Er ist charmant, großzügig, freundlich, tolerant, spendabel, immer gut gelaunt und niemals verletzend."

Diese Schilderung und Celines Gesichtsausdruck ließen mich aufhorchen. „Du hast nicht zufällig auch mit diesem Milton geschlafen, oder?"

„Ja, klar. Ab und zu muss ich einfach richtig gut durchgevögelt werden. Am Besten so, dass mir noch Tage danach die Möse brennt. Das habe ich dir doch schon erklärt. Wir schlafen immer miteinander, wenn er hier her kommt", erklärte Celine mit einem unschuldigen Augenaufschlag.

Ich schüttelte den Kopf über so viel Abgebrühtheit. „Und Thorburn stört das nicht?"

„Warum sollte es ihn stören. Er ist sicher froh, dass sein Kumpel gut drauf ist, weil er richtig ausgepowert ist."

„Ausgepowert, das ist ja mal eine nette Umschreibung. Du bist ganz schön durchgeknallt, weißt du das!"

Celine nahm genüsslich einen Schluck Wein. „Ja und? Besser durchgeknallt, als so bieder, wie du es bist. Du weißt ja gar nicht, was du verpasst, Chérie. Milton würde ich mir niemals durch die Lappen gehen lassen. Er ist ein richtiges Sahnetörtchen."

„Okay, dann bin ich mal gespannt auf diesen Freund. Und überhaupt bin ich gar nicht bieder. Ich warte halt auf die große Liebe und mache nicht einfach in der Gegend herum."

Meine neue Freundin ließ sich nicht aus der Ruhe bringen. „Große Liebe? Du Dummerchen. Da kannst du lange warten. Zum Schluss bist du eine vertrocknete alte Zicke und nimmst jeden. Bloß, dass du keinen mehr ins Bett kriegst. Das wird mir nicht passieren. Wehe du verliebst dich in Milton. Der gehört mir.

Einen Wermutstropfen gibt es allerdings, unser Boss kommt mit Milton zusammen hier her."

Ich seufzte. Ohne Thorburn war das Leben in Crannog House wesentlich ent-
spannter.

Auch Fia war begeistert von dem Besuch. „Onkel Milton ist immer nett. Du
wirst ihn bestimmt auch mögen. Papa
kommt auch wieder nach Hause. Bestimmt können wir endlich mit dem
Boot fahren oder auch in den Zoo gehen.
Natürlich nehmen wir dich mit", fügte
sie hinzu.

Ich nickte und verkniff mir jede Bemerkung über etwaige Unternehmungen mit
Thorburn.

***

Die Erzählungen über den sagenhaften
Milton Bain hatten mich neugierig auf
ihn gemacht. Ich konnte mir nicht vorstellen, dass ein Mann wie Thorburn einen solchen Gutmenschen zum Freund
hatte. Irgendetwas passte ganz und gar
nicht. Ich nahm mir vor, auch vor Milton
auf der Hut zu sein.

Trotzdem war ich beeindruckt, als ich
ihn das erste Mal zu Gesicht bekam. Ich
hatte Fia von der Schule abgeholt und
hielt vor dem Haupthaus, um sie her-
auszulassen und anschließend in die
Garage zu fahren. Kaum war die Kleine
aus dem Wagen geklettert, öffnete sich
die Haustür. Ein hünenhafter, dunkel-
haariger Mann stand im Türrahmen und
strahlte Fia an.

„Onkel Milton", rief die Kleine aus und
lief auf den Mann zu. Der breitete die
Arme aus, hob Fia hoch und drehte sich
mit ihr ein paar Mal um die eigene Achse. Dann stellte er sie vorsichtig auf die
Beine.

„Schnecke, du wirst immer hübscher", stellte er fest. „Wenn ich dein Papa wäre, dann würde ich mir einen Baseball- schläger anschaffen, damit ich die gan- zen Jungen vertreiben kann, die bald hier Schlange stehen werden."

Fia kicherte. „Aber Onkel Milton! Jungen sind doof. Wozu sollten sie hier her kommen? Ich spiele viel lieber mit Mäd- chen."

„Oh, das wird sich irgendwann schon ändern", grinste Milton und schaute mich interessiert an.

Ich hatte beschlossen, den Neuankömm- ling erst einmal zu begrüßen und dann das Auto in die Garage zu fahren, zumal von Thorburn gerade nichts zu sehen war.

Jetzt streckte ich die Hand aus. „Guten Tag, Mister Bain. Ich bin Kim, das neue Kindermädchen."

„Sagen Sie bitte Milton." Er nahm meine Hand vorsichtig in seine Pranken, so, als wäre sie zerbrechlich. „Hallo Kim. Ich freue mich, Sie kennenzulernen. Es scheint mir, als wäre Fia bei Ihnen in den besten Händen."

Ob ich wollte oder nicht, ich musste ihn anlächeln. Er strahlte einfach so viel Wärme und gute Laune aus.

„Die Freude ist ganz auf meiner Seite, Milton. Fia hat schon eine Menge über Sie erzählt."

„Hoffentlich nur Gutes, Schnecke", wandte er sich wieder an die Kleine.

„Ja klar, Onkel Milton. Du bist ja auch lieb. Kim ist meine beste Freundin. Und ehe du meckerst: ich mag ihre Haare."

Verwirrt schaute Milton von einem zu anderen. „Ich mag ihre Haare auch. Wieso sollte ich darüber meckern."

Ich musste lauthals lachen. „Das ist ein Insider. Vielleicht erzählen wir Ihnen noch davon."

Milton zwinkerte uns zu. Dann nahm er Fia bei der Hand. „Komm mal mit. Dein Papa hat gerade ein wichtiges Telefon-gespräch geführt und ich wollte eigent-lich rauchen, deshalb bin ich vor die Tür gegangen. Aber das kann warten. Wir können uns später auf die Terrasse setzen. Jetzt gehen wir erst einmal und begrüßen deinen Vater. Begleiten Sie uns, Kim?", wandte er sich an mich.

Schnell schüttelte ich den Kopf. „Nein, ich fahre den Wagen in die Garage, dann schauen wir weiter. Vielleicht möchte Mister Thorburn lieber allein mit Ihnen und seiner Tochter sein."

Verwundert schaute Milton mich an. „Das mag sein. Allerdings würde ich Ihre Gesellschaft sehr schätzen. Vielleicht kommen Sie etwas später dazu?"

„Ja, klar. Das kann ich machen", sagte ich mit Unbehagen und ging zum Auto. Für einen Moment überlegte ich, ob ich nicht plötzlich erkranken könnte, um Thorburn aus dem Weg zu gehen, verwarf den Gedanken aber schnell. Ich beschloss, so locker wie möglich zu bleiben und einfach nachzufragen, ob meine Gesellschaft für den heutigen Tag noch gewünscht wurde.

Nachdem ich den Wagen in die Garage gefahren hatte, trödelte ich herum. Ging erst noch in meine Wohnung, um einen Kaffee zu trinken, sortierte meine spärliche Post und erwog, noch kurz das schmutzige Geschirr abzuwaschen. Allerdings stand das in der Spülmaschine. Also stellte ich das Teil an, straffte die Schultern und ging hinüber zum Haupthaus.

Wie erwartet fand ich Thorburn und Milton auf der Terrasse. Fia saß auf der Schaukel, die auf dem angrenzenden Rasen stand. Ich nickte Thorburn zu und ging zu meinem Schützling. „Soll ich dich anschubsen?"

Fia nickte eifrig. „Papa und Onkel Milton sind so langsam. Ich habe sie schon ein paar Mal gefragt, aber sie rauchen nur und reden und kommen gar nicht her."

Ich warf einen giftigen Blick hinüber. Das war so typisch für Thorburn. Er hatte seine Tochter Wochen nicht gesehen und ignorierte sie jetzt. Also kümmerte ich mich um die Kleine, schubste sie an, lachte, bemühte mich um ein unverkrampftes Auftreten.

Schließlich schlenderten die Männer zu uns.

„Hallo, Kim. Wie geht es?", begann Thorburn eine Unterhaltung. Das hörte sich harmlos an, aber ich hatte so meine Erfahrungen mit unseren Gesprächen, die harmlos anfingen und ganz anders endeten.

„Danke, gut", antwortete ich deshalb kurz und vermied jeglichen Blickkontakt.

„Papa, jetzt musst du mich auch mal anschubsen", krähte Fia glücklich.

Der Angesprochene stellte sich hinter mich, umfasste meine Taille. „Miss Stunned, ich habe dich vermisst", flüsterte er mir ins Ohr.

Wie war es nur möglich - obwohl ich es nicht wollte, reagierte mein Körper auf die Berührung.

„Ich Sie aber nicht", zischte ich giftig. „Und nehmen Sie gefälligst ihre Flossen von mir!"

Er lachte leise. „Ungern." Dann schob er mich sacht zur Seite. „Jetzt werde ich dich mal zum Fliegen bringen, Schnecke."

Erstaunt musterte ich ihn. Das waren ja ganz ungewohnte Töne seiner Tochter gegenüber. Sonst erschien er mir eher unterkühlt, wenn er mit Fia redete. Scheinbar übte sein Freund einen guten Einfluss auf ihn aus.

„Kommen Sie, lassen wir Vater und Tochter für einen Augenblick", wandte der sich an mich.

„Die Kleine ist ganz begeistert von Ihnen", stellte Milton fest, als wir auf der Terrasse saßen. „Sie redet andauernd über sie. Kim sagt das und Kim macht dies. Sie tun ihr wirklich gut."

„Ich habe sie in mein Herz geschlossen. Sie ist ein sehr nettes Mädchen. Anfangs war sie etwas verschlossen, aber das ist schon sehr viel besser geworden."

Milton sah mir aufmerksam in die Augen, wobei ich feststellte, dass er eine dunkelblaue Augenfarbe hatte, was in einem seltsamen Kontrast zu seinen schwarzen Haaren stand.

„Ja, ich weiß. Fia hat es nicht immer leicht. Connor ist ein erfolgreicher Geschäftsmann. Er ist viel unterwegs. Auch wenn er hier ist, muss er den Laden am Laufen halten. Das ist oft gar nicht so einfach, so dass das Privatleben auf der Strecke bleibt. Zudem kümmert sich die Mutter gar nicht um ihre Tochter. Was zusätzlich belastend ist. Sie hat Fia vor ein paar Jahren hier abgestellt. Sie hat mit ihren Männergeschichten genug zu tun, da stört ein Kind nur. Connor hat toll reagiert und die Kleine gleich bei sich aufgenommen."

„Na ja", warf ich ein. „Schließlich ist es auch sein Kind. Also ist es nur zu normal, dass er sich im Fia kümmert."

„Das ist die Frage", war die spontane Antwort.

„Wieso? Wie meinen Sie das?"

Milton schüttelte den Kopf. „Ich habe schon viel zu viel gesagt. Nur das noch - Connor hat die Vaterschaft nie abgestritten, obwohl er allen Grund dazu hatte. Aber jetzt ist es genug damit. Essen Sie heute Abend mit uns?"

Jetzt war es an mir, spontan den Kopf zu schütteln. „Eher nicht. Mister Thorburn isst abends allein mit seiner Tochter und die beiden frühstücken auch gemein-sam."

„Aber wenn ich da bin, kann es auch einmal eine Ausnahme geben." Milton hatte meine Hand genommen und schaute mich jetzt treuherzig an. „Es würde mich sehr freuen, wirklich."

Entschlossen entzog ich ihm meine Hand. ‚Was ist mit Celine', hätte ich um ein Haar gesagt, verkniff mir das aber lieber. „Sorry, aber für den Abend habe ich schon eine Verabredung", flunkerte ich stattdessen. Dieser Milton schien ein halbwegs angenehmer Zeitgenosse zu sein, aber ein Abend mit Thorburn - das wollte ich mir wirklich nicht antun.

Hey, Milt, was grabscht du das Kinder-mädchen an?" Vater und Tochter kamen auf die Terrasse. Fia mit geröteten Wangen und blitzenden Augen setzte sich zu mir. Ihr Vater stand vor uns, hatte die Hände vor der Brust verschränkt und schaute ziemlich ungehalten.

Milton grinste ihn an. „Was ist mit dir los? Fast könnte man meinen du wärst eifersüchtig, alter Kumpel. Keine Sorge,

ich grabsche nicht. Ich habe Kim nur ge-
beten, mit uns zu Abend zu essen, aber
sie ist schon verabredet."

Thorburn eifersüchtig? Was für eine
dämliche Bemerkung. Schnell stand ich
auf. „Wie ist das Programm für den Rest
des Tages? Brauchen Sie mich noch?"

Thorburn wedelte mit der Hand, als
würde er ein lästiges Insekt verscheu-
chen.

„Nein. Vielleicht will Miss Engel sich für
den Abend zurechtmachen. Viel Spaß
dann auch. Kenne ich den Glücklichen?"
Jetzt hatte ich seine volle Aufmerksamkeit. In seinen Augen glitzerte es gefähr-
lich, während er mich fixierte. Er schien
tatsächlich zu glauben, ich hätte ein
Date. Das schien ihn zu ärgern, was mich
in Hochstimmung versetzte.

„Oh, ich bin die Glückliche, Mister Thorburn", flötete ich deshalb. „Einen Mann
wie ihn findet man nicht alle Tage. Und
was noch toller ist: er mag mich so, wie
ich bin." Ich drehte mich auf dem Absatz
um, schaute noch einmal über die Schul-

ter und entfernte mich dann mit wiegenden Hüften.

Als ich außer Sichtweite war, machte ich einen kleinen Hopser und gestattete mir ein breites und fettes Grinsen. Endlich hatte ich das letzte Wort behalten und noch besser - Thorburn waren offensichtlich die Gesichtszüge entgleist, denn er hatte mir völlig verblüfft hinterhergeschaut.

Natürlich hatte ich keine Verabredung und Thorburn würde mit Leichtigkeit dahinterkommen, wenn es ihn überhaupt interessierte, aber das war mir im Moment egal. Sein Gesichtsausdruck war einfach klasse gewesen und zudem gut für mein Ego. Gutgelaunt machte ich es mir in meiner Wohnung bequem, aß eine Kleinigkeit, öffnete mir eine Flasche Wein, daddelte ein bisschen am Laptop herum.

Es klopfte an der Wohnungstür. Zögernd stand ich auf. Das war doch wohl nicht Thorburn? ,So ein Quatsch, jetzt wirst du paranoid', schimpfte ich mit mir und öffnete die Tür mit Schwung.

Celine stapfte an mir vorbei, ging in den Wohnraum, griff sich mein gefülltes Weinglas und leerte es in einem Zug. Dann schüttete sie sich nach.

„Gut! Das habe ich gebraucht", sagte sie mit einem Rülpser.

„Hoppla", lachte ich. „Welche Laus ist dir denn über die Leber gelaufen?"

„Laus? Ich würde eher sagen Ratte. Er scheint mich abserviert zu haben." Celine ließ sich in einen Sessel sinken.

„Lass mich raten. Milton Bain will plötzlich nichts von dir. Vielleicht ist er inzwischen in festen Händen. Oder er ist plötzlich und unerwartet schwul geworden. Man hört so etwas immer wieder", sinnierte ich, während ich mir ein neues Weinglas holte.

„Pah, der und schwul? Niemals! Und in festen Händen ist er sowieso. Er ist sogar verheiratet. Das hat ihn bisher nicht davon abgehalten, sich mit mir zusammen die Seele aus dem Leib zu vögeln. Jetzt macht er einen auf jovial. Hallo Celine, wie geht es denn so. Nett dich zu sehen. Leider habe ich wenig Zeit. Heute Abend? Oh nein, da will ich mit Connor quatschen. Die alten Zeiten, du verstehst." Sie rollte mit den Augen, was so komisch aussah, dass ich wieder lauthals lachen musste.

„Nun nimm es nicht so schwer. Vielleicht will er wirklich einen ruhigen Abend mit seinem Freund verbringen", versuchte ich die Wogen zu glätten.

Celine sah mich finster an. „Bullshit! Bisher hatte er hinterher immer noch Zeit für mich. Das ist einfach unerhört!"

„Okay, dann ist es halt unerhört, wie er sich benimmt. Da wirst du durch müssen. Durchs Ärgern wird es auch nicht besser. Warum suchst du dir nicht einfach einen netten Typen? Einen ganz normalen, unverheirateten und nicht irgendwie gestörten Kerl, der es dir besorgt. Der aber auch außerhalb des Bettes für dich da ist."

„Pah", pustete Celine. „Was soll ich den damit. Was ich will ist unverbindlichen Sex und fertig. Keinen Gefühlsmist oder so. Wenn einer, wie du so schön sagst, für mich da ist, dann mischt er sich nur in mein Leben ein und versucht, mir seine Regeln aufzudrücken. Nein danke. Nicht mit mir."

Ich zuckte mit den Schultern. „Na dann. Dann musst du dich aber auch nicht wundern, wenn dein unverbindlicher Sexpartner dich fallen lässt, so wie es Milton jetzt gemacht hat."

„Wir werden sehen. Er bleibt ja noch ein paar Tage hier. Vielleicht überlegt er es sich noch", das war typisch Celine.

Ich hob mein Glas. „Cheers. Ich drücke dir die Daumen."

***

Am nächsten Morgen kam mir Milton entgegen, als ich Fia abholte, um sie zur Schule zu bringen.

„Hallo, Kim." Er musterte mich eindringlich. „Hatten Sie gestern einen schönen Abend?"

„Danke, den hatte ich." Diese Aussage war nicht einmal gelogen. Celine und ich hatten noch eine Weile zusammen gesessen. Sie hatte sich beruhigt und es war ein lustiger Abend geworden.

„Das freut mich für Sie. Weil Sie gestern keine Zeit für mich hatten, müssen Sie unbedingt heute Vormittag etwas mit mir unternehmen. Was meinen Sie? Wir bringen Fia zusammen zur Schule und dann trinken wir irgendwo gemütlich einen Kaffee oder Tee miteinander und lernen uns ein bisschen kennen."

„Au ja, Onkel Milton. Fahr mit uns", mischte sich Fia ein. „Du kannst mir vom Schultor her zuwinken."

„Okay, dann bin ich ja wohl überstimmt", lächelte ich, obwohl ich den Vormittag eigentlich dazu nutzen wollte, um in Newborough einzukaufen. Der Ort war wesentlich größer als das dörfliche Hollyfield mit seinen beschränkten Einkaufsmöglichkeiten.

Obwohl es mir nicht passte, hielt ich Milton einladend die Autotür auf und nahm mir gleichzeitig vor, mich nicht von ihm einwickeln zu lassen. Was immer er im Schilde führte, so leicht wie Celine würde ich es ihm bestimmt nicht machen.

„Es ist schön, dass Sie sich überreden ließen ...", lächelte Milton charmant, als wir uns in einem kleinen Café gegenübersaßen. „Ich würde gern mehr über Sie erfahren."

Wir hatten beide Latte Macchiato bestellt. Ich nippte an meinem Glas. „Da gibt's nicht viel zu erfahren. Ich habe als Erzieherin gearbeitet und bin jetzt Fias Kindermädchen. Das ist alles. Ein wenig langweilig, aber das bin ich wohl." Ich zuckte mit den Schultern. Mir war nicht ganz klar, was Milton mit diesem Gespräch bewirken wollte. Fühlte er sich von mir angezogen? Suchte er eine Affäre, nachdem ihn Celine offensichtlich nicht mehr anturnte? Oder wollte er sich einfach versichern, dass Fia bei mir in guten Händen war?

„Sie sind alles andere als langweilig, meine liebe Kim. Im Gegenteil." Da war wieder dieses Sonnyboy Lächeln. Er sah schon gut aus, dieser Milton und er strahlte Wärme aus und Mitgefühl. Trotzdem war ich misstrauisch.

„Ich möchte wissen, was sich hinter der kühlen Fassade verbirgt. Ich glaube, Sie sind gar nicht so beherrscht, wie Sie uns glauben lassen."

Ich horchte auf. „Wer bitte ist uns? Reden Sie auch im Namen von Connor Thorburn?"

„Wie kommen Sie denn auf die Idee. Ich habe das ganz allgemein gemeint. Kann es sein, dass Sie, was Connor anbetrifft, ein bisschen sehr sensibel sind?"

Das hatte er nett umschrieben. Was meinen Arbeitgeber anbetraf, war ich inzwischen mega misstrauisch und nicht nur ein bisschen sensibel. Und das war auch gut so.

„Na, ja, er ist kein einfacher Mensch." Auch ich verstand mich auf Umschreibungen. Dass ich Thorburn für ein ausgesprochenes Arschloch hielt, sagte ich lieber nicht.

„Ich weiß, er kann manchmal schlimm sein", seufzte Milton. „Er macht es sich und seinem Umfeld schwer. Aber glauben Sie mir, das ist nur die harte Schale, in der er sich versteckt. Innen ..."

Thorburn mit harter Schale und weichem Kern??? Das war mehr als platt und entsprach nicht den Tatsachen. Jedenfalls nicht den von mir erlebten. „Jetzt hören Sie aber auf", unterbrach ich Milton deshalb. „Sie können ihn so viel in Schutz nehmen, wie sie wollen. Er ist ein Ekel und damit Punkt!"

„Sie urteilen zu hart. Ich kenne Connor schon mein halbes Leben. Er kann durchaus einfühlsam sein. Er hat es in seiner Kindheit schwer gehabt. Das hat ihn zu dem Mann gemacht, der er ist."

„Pah", schnaubte ich. „Jetzt kommen Sie mir nicht mit einer schweren Kindheit. Die hatten wir doch irgendwie alle. Trotzdem verhalten wir uns nicht so wie er."

Milton sah mich ernst an. „Ich denke nicht, dass Sie etwas Ähnliches wie Connor erlebt haben. Die Mutter ist bei seiner Geburt gestorben. Connor hat sich, als er älter wurde, ein Bild von ihr zurechtgeschustert, in dem sie perfekt war. Deshalb besteht er wohl auch darauf, dass Fia zweisprachig aufwächst, obwohl er mit der deutschen Verwandtschaft keinen Kontakt hat. In seinem Zimmer stand lange Zeit ein Foto von ihr und ich muss ehrlich zugeben, dass sie wunderschön war. Sein Vater ist nie über den Tod seiner Frau hinweggekommen. Noch schlimmer: er hat ihren Tod dem Sohn angelastet. Dazu kam, dass er ein Trinker war. Connors Mutter muss ihm Halt gegeben und die schlimmsten Exzesse verhindert haben. Als sie tot war, verlor er jede Kontrolle über sich. Wenn er genug intus hatte, ist er handgreiflich geworden. Wie oft Connor blaue Flecken gehabt hat, kann ich nicht sagen. Oft konnte er sich nur mit Mühe bewegen. Wenn ich ihn darauf angesprochen habe, dann hatte er immer eine Ausrede parat. Die Treppe hinuntergefallen, ein Fahrradunfall und was weiß ich. Er hat sich augenscheinlich für seinen Vater geschämt. Wir haben direkt neben dem Anwesen der Thorburns gewohnt. Weil wir etwa im gleichen Alter waren, hatten Connor und ich uns angefreundet. Wie das so ist unter Kindern." Milton schwieg einen Moment. Er schien ganz in Gedanken versunken.

Ich schluckte. So hatte ich Connor Thorburn noch nie gesehen. Als geprügelter kleiner Jungen, der sich schämte zuzugeben, dass sein Vater gewalttätig war.

„Irgendwann ist der Alte im Suff gestürzt und hat sich das Genick gebrochen. Ein Onkel hat den Nachlass verwaltet und Connor in ein Internat gesteckt. Aber das war für ihn immer noch besser, als weiter misshandelt zu werden. Ich glaube nicht, dass Connor um seinen Vater getrauert hat. Er war wohl eher froh, dass er den Alten los war."

„Das wusste ich nicht und es tut mir wirklich leid", sagte ich und meinte es tatsächlich so. „Er hat in seiner Kindheit wohl niemals Liebe erfahren."

„Nicht nur das. Nachdem er volljährig war, ist er relativ schnell geschäftlich erfolgreich gewesen und hat sich Hals über Kopf in eine Schönheit verliebt, die ein bisschen wie seine Mutter aussah. Leider ist das nicht gutgegangen. Ich habe ihn damals gewarnt, aber er hatte nur Augen für sie und hat nicht einmal richtig zugehört. Wie heißt es doch so schön: blind vor Liebe. Das traf in seinem Fall wirklich zu. Schon kurz nach der Eheschließung fing sie an, ihn zu betrügen. Es ist fraglich, ob Fia wirklich Connors Tochter ist. Trotzdem steht er zu dem Kind. Er hat nie einen Vaterschaftstest machen lassen und liebt die Kleine sehr. Schließlich konnte selbst Connor die Augen nicht davor verschließen, was sie trieb. Es kam zur Auseinandersetzung. Sie verließ ihn mit dem Kind. Kurz darauf stand sie wieder vor der Tür. Aber nur, um ihm Fia aufs Auge zu drücken. Wahrscheinlich hat es bei ihren Eskapaden gestört."

Wieder stockte Milton. Fuhr sich mit der Hand durchs Gesicht. „Connor ist hart, aber er hat auch eine Menge erlebt. Trotzdem ist er ein guter Freund, auf den ich immer zählen kann. Genau so, wie ich ihm jederzeit helfen würde. Sehen Sie, Kim, jeder Mensch hat auch eine gute Seite."

Er langte über den Tisch und nahm meine Hand. „Aber das wollte ich alles gar nicht erzählen. Hier geht es schließlich um Sie und mich und nicht um Connor Thorburn. Eigentlich wollte ich mehr über Sie erfahren. Sie sind eine spröde und gleichzeitig entzückende Frau. Ich mag Sie sehr." Er hauchte einen Kuss auf meinen Handrücken.

Schnell zog ich meine Hand zurück und merkte, wie mir die Röte ins Gesicht stieg. Ich griff zu meinem Kaffeeglas, trank es vor lauter Verlegenheit leer. Wieder einmal fehlten mit die Worte.

Das schien bei Milton nie der Fall zu sein. Er strahlte mich an. „Oh, Sie sind rot geworden. Das gefällt mir." Von gleich auf jetzt schaute er schuldbewusst. „Ich glaube, jetzt habe ich mir das Date mit ihnen selbst verdorben, weil ich zu viel von Connor geredet habe. Sicher müssen Sie das Gehörte erst einmal verdauen. Sollen wir lieber zurückfahren?"

„Ja, bitte", nickte ich schnell. Dass dies ein Date war, hatte ich irgendwie nicht mitbekommen. „Ich müsste allerdings noch in den Buchladen, weil ich ein Buch für Fia besorgen wollte."

Dass ich den Vormittag eigentlich nutzen wollte, um auch noch einiges für mich einzukaufen, erwähnte ich nicht. Das müsste eben bis zum nächsten Tag warten.

Milton schien mein Unbehagen zu erahnen. Er schaute mich aufmerksam an. „Ich merke schon, dass Sie noch zu tun haben. Ich nehme ein Taxi zurück nach

Crannog House. Dann können Sie in Ruhe Ihre Einkäufe tätigen. Wäre das in Ordnung?"

„Ganz bestimmt", sagte ich erleichtert. „Wenn es Ihnen nichts ausmacht."

„Aber gar nicht. Allerdings hätte ich eine Bedingung. Wenn Sie nicht mit uns zu Abend essen möchten, dann trinken Sie bitte heute Abend ein Glas Wein mit mir. Ganz ungezwungen auf der Terrasse. Connor ist unter Garantie nicht dabei. Er hat zu arbeiten, das hat er schon beim Frühstück erwähnt. Oder haben Sie auch heute Abend eine Verabredung?"

Er schaffte es trotz der blauen Augen wie ein bettelnder Dackel auszusehen.

„Das nicht, aber ...", ich konnte heute nicht schon wieder ein nicht vorhandenes Date vorschieben. Doch war mir bei dem Gedanken mit Milton auf der Terrasse des Haupthauses zu sitzen gar nicht wohl. Wohlmöglich würde Thorburn uns beobachten. Mal abgesehen von Celine, die höchst wahrscheinlich Gift und Galle spucken würde.

„Oh, wir können natürlich auch in eine Bar fahren, wenn Ihnen das lieber ist", erklärte Milton eifrig.

Ich überlegte. Wenn wir zusammen in eine Bar fuhren, dann war ich schon aus Höflichkeit gezwungen, auch mit Milton zusammen heimzufahren. Saßen wir hingegen auf der Terrasse, konnte ich das Gespräch einfach beenden und in meine Wohnung gehen. Also beschloss ich, dass die letztere Variante das kleinere Übel wäre.

„Also gut, ein Glas Wein auf der Terrasse ist in Ordnung. Jetzt sollte ich aber los."

Milton strahlte. „Das ist super. Ich freue mich. Wäre Ihnen zwanzig Uhr Recht? Soll ich sie von ihrer Wohnung abholen?"

„Nicht nötig. Ich bin gegen acht Uhr da!"

***

Während ich mich zurecht machte, grübelte ich darüber nach, was Milton eigentlich von mir wollte. Ich hatte ihn wirklich nicht ermutigt, mich näher kennenzulernen. Er war ein interessanter Mann, unbestritten, und er sah verdammt gut aus. Auch das unbestritten. Unter anderen Umständen hätte ich mich sehr zu ihm hingezogen gefühlt, aber im Moment wollte ich mich ganz bestimmt nicht mit ihm einlassen. Schon gar nicht unter den Augen seines besten Freundes, der mir ständig merkwürdige Angebote machte und einer Freundin, die viel ältere Rechte auf ihn hatte. Das konnte nur zu einem Desaster allererster Güte führen.

Schließlich zuckte ich mit den Schultern und wischte mir die gerade aufgetragene Schminke aus dem Gesicht. Anschließend schlüpfte ich in meine gewohnt gemütlichen Klamotten. Ich würde ein Glas Wein mit Milton trinken, mich nett mit ihm unterhalten und sonst nichts.

Milton saß schon auf der Terrasse. Bei meiner Ankunft stand er auf.

„Wie schön. Ich freue mich, dass Sie da sind. Setzen Sie sich doch." Er zeigte auf eine geöffnete Flasche Rotwein, die neben einer Platte mit Käse, Oliven und Trauben auf dem Tisch stand. „Ich habe für diesen Anlass den Weinkeller geentert und ein besonders gutes Tröpfchen gefunden", mit diesen Worten füllte er zwei Gläser. „Übrigens", grinste er wie ein kleiner Junge. „Connor ist im Arbeitszimmer beschäftigt. Machen Sie sich um ihn keine Gedanken."

Ich ließ mich in einen Stuhl sinken. „Das mache ich gar nicht. Schließlich sitzen wir ja auch ganz harmlos hier und haben nichts zu verbergen."

„Genau. Cheers", Milton reichte mir ein Glas, setzte sich dicht neben mich. „Stoßen wir an. Auf einen schönen Abend. Vielleicht sollten wir uns duzen oder hast du etwas dagegen?"

Ich hob mein Glas. „Cheers. Nein, wir können uns gern duzen."

„Na dann", er beugte sich mir zu und hauchte mir einen Kuss auf den Mund, was mich völlig überrumpelte. Das war jetzt nicht geplant gewesen. Der erste Impuls war, von ihm weg zu rücken, aber das kam mir doch reichlich kindisch vor. Schließlich hatte er mit seinen Lippen nur flüchtig meinen Mund gestreift. Das war wohl seine Art von Bruderschaftskuss.

„Übrigens: Connor bringt mich um, wenn er erfährt, was ich dir alles über ihn erzählt habe", erklärte Milton leise.

„Von mir erfährt sicherlich niemand etwas." Wieder machte sich Mitgefühl für meinen Arbeitgeber in mir breit. Das war ein ganz neues Gefühl. „Er kann ganz schön mies sein", fügte ich hinzu. Wie, um mich in meiner Meinung über ihn zu bestätigen.

„Das kann er", bestätigte Milton. „Er kann sich gut in andere hineinversetzen, hat schnell raus, wie sie ticken, findet ihre Schwachstellen. Dann schlägt er zu, ansatzlos und gründlich. Aber gleichzeitig ist er ein sehr gefühlvoller Mensch.

Wann immer ich ihn gebraucht habe, war er für mich da. Er ist vielleicht nicht der Bruder, den ich immer haben wollte, aber er kommt dem schon sehr nahe."

Nachdenklich trank ich einen Schluck Wein. Zwar war ich beileibe keine Weinkennerin, registrierte aber, dass dieser Rotwein fantastisch schmeckte.

„Der Wein ist toll", sagte ich, um endlich von dem Thema Thorburn wegzukommen.

„Nicht wahr. Er ist richtig gut. Der Weinkeller steht voll davon. Es wäre doch schade, wenn er verkommt", lachte Milton. „Man soll genießen, wann immer sich die Gelegenheit bietet." Er sah mir in die Augen. „Jetzt haben wir also ein Geheimnis miteinander. Aber du hast Recht, für einen Tag habe ich wirklich genug über Connor erzählt. Darf ich dich etwas fragen?"

Ich nickte.

„Du bist von einem Mann verletzt worden, nicht wahr? Deshalb gibst du dich unnahbar. Wie lange ist es her?"

Ich hob die Schultern. „Fast ein Jahr."

„Und du bist weggelaufen?“

„Es ging nicht anders. Wir hatten die gleichen Freunde. Zudem hatte er sich an meine Vorgesetzte rangemacht. Ich bin in ein tiefes Loch gefallen. Ich musste weg und zwar so weit wie möglich.“

Milton drehte sein Glas. „Dann bist du ganz allein. Wer tröstet dich, wenn du traurig bist. Wer nimmt dich in den Arm. Wer beschützt dich, wenn du einen Alptraum hast?“

Jetzt hatte er einen wunden Punkt getroffen. Ich sah hoch zum Himmel, aber das nutzte nichts. Also blinzelte ich die Tränen fort.

„Ich würde dich gern in den Arm nehmen. Vor allem, wenn du aussiehst wie jetzt.“ Milton sah mich intensiv an. Ich konnte gar nicht anders, als seinen Blick zu erwidern. Er lächelte, zog mich an sich, küsste mich.

Und das konnte er! Routiniert berührte sein Mund zart meine Lippen, die sich wie von selbst öffneten. Schließlich drängte er seine Zunge in meinen Mund. Ich schmeckte ihn. Rotwein und Mann,

Zahnpaste, eine Spur Whisky. Was ich nicht für möglich gehalten hatte geschah. Ich erwiderte das Spiel seiner Zunge, drängte mich näher an ihn.

Doch da war etwas. Ein Missklang. Zuerst versuchte ich ihn zu unterdrücken, aber es gelang mir nicht. Ich löste mich ein wenig von ihm. Im Terrassenfenster sah ich unser Spiegelbild. Ich in den Armen dieses Hünen. Er strich mir über den Rücken, tastete sich tiefer. Plötzlich bemerkte ich noch etwas. Jemand stand im Dunkel am Fenster, beobachtete uns.

Ich versuchte mich aus seiner Umarmung zu winden. „Bitte, ich will das nicht!"

Doch er presste mich noch fester an sich. An meinem Bauch spürte ich seine Härte. „Du kannst dich ruhig wehren, das gefällt mir", lachte er leise auf.

„Nein! Bitte!" Wieder versuchte ich, ihn von mir weg zu schieben.

Doch er ignorierte meinen Widerstand. Schob mich näher zur Scheibe. „Du kriegst es auf die brutale Tour, wenn du das brauchst." Er hielt mich weiter fest, beugte sich vor, küsste mich hart und roh.

Ich biss zu. Milton zuckte zurück, knurrte. Gleichzeitig ließ er mich los. Ich holte aus und schlug ihm mit aller Kraft ins Gesicht. Damit hatte er offensichtlich nicht gerechnet. Der Kopf flog ihm zu Seite, er hielt sich verdutzt die Wange. Diesen Moment nutzte ich aus, lief so schnell ich konnte fort, rannte, bis ich vor meiner Wohnungstür stand.

Als ich mich später schlaflos im Bett hin und her warf kam eine Erinnerung an diesen Abend hoch. Ich richtete mich im Bett auf, dachte intensiv an das Bild, das mir vor Augen stand:

Thorburn hatte hinter der Scheibe gestanden und uns zugesehen. Das ganze war sicherlich ein abgekartetes Spiel gewesen!

***

Was immer ich befürchtet hatte, es traf nicht ein. Die ganze Nacht hatte ich mich herumgewälzt, hatte daran gedacht zu kündigen, hatte erwartet am Morgen fristlos gekündigt zu werden. Doch zu meinem Erstaunen ging alles weiter wie bisher. Außer, dass Milton mir offensichtlich aus dem Weg ging. Wenn wir uns trotzdem einmal begegneten, verzog er schmerzhaft das Gesicht und ging grußlos an mir vorbei. Er schien seine Lektion gelernt zu haben.

Thorburn hingegen war ausgesprochen guter Laune. Mehr als einmal begann er ein Gespräch mit mir, aber ich antwortete einsilbig und mied seine Nähe so gut es ging. Erstaunlicherweise akzeptierte er mein Verhalten und ließ mich in Ruhe, obwohl ich den Eindruck hatte, dass er mir etwas sagen wollte.

Schließlich beschloss ich, einen vorsichtigen Vorstoß bei Celine zu wagen, um zu erfahren, ob sie von meinem Zusammenstoß mit Milton wusste. Mit weichen Knien klopfte ich an ihre Wohnungstür.

„Du kommst gerade richtig", strahlte sie und hielt mir zwei Bikinihöschen unter die Nase. „Welche findest du besser?"

„Keine Ahnung, ich sehe keinen Unterschied. Was hast du vor?", fragte ich erleichtert, weil sie mir nicht gleich die Augen auskratzte.

„Oh, Milton hat mich zu einer Bootstour eingeladen. Nur er und ich und ein paar Flaschen Champagner. Ist das nicht toll." Sie ließ die Hüllen fallen, schlüpfte in eines der Höschen. Anschließen drehte sie sich um, wackelte mit dem Po.

Ich schaute sie ratlos an.

„Na gut, was ist mit dem?", das nächste Höschen war an der Reihe.

„Weiß nicht. Du solltest dich nicht mit dem miesen Typen einlassen. Der nutzt dich nur aus."

Celine nahm mich in den Arm. „Ach, Kim. Sei doch nicht immer so anständig."

Ich zuckte zusammen, was Celine zu Glück nicht bemerkte.

„Ich will doch nur ein bisschen Spaß haben. Milton ist zärtlich und gut im Training. Er befriedigt mich voll und ganz.

Bald ist er wieder weg. Auch damit komme ich gut klar", sie schob mich von sich weg. „So wirklich hast du mir jetzt nicht weiter geholfen. Ich weiß gar nicht, was ihr alle habt. Thorburn ist unanständig gut gelaunt. Milton grummelt hingegen herum, seit er beim Duschen ausgerutscht ist."

Ich wollte es nicht glauben. „Was ist er???"

„Na ja. Er ist in der Dusche ausgerutscht, auf den Wasserhahn geknallt und hat sich auf die Lippe gebissen. Hast du denn nicht bemerkt, dass er eine dicke Lippe hatte?"

„Nein, habe ich nicht. Der Typ ist mir piepegal", sagte ich erleichtert. „Wenn du dich eh nicht davon abhalten lässt, wünsche ich dir viel Spaß. Aber denk daran, lass ihn nicht zu nah an dich rankommen, Honey."

Wie erwartet verbrachten Milton und Celine ihre gesamte freie Zeit zusammen. Doch schließlich war für ihn die Zeit der Abreise gekommen. Am Morgen holte ich Fia wie üblich ab, um sie zur Schule zu bringen und rechnete fest damit, bei meiner Heimkehr das Thema Milton endgültig abhaken zu können. Doch das war weit gefehlt. Thorburn und sein Freund erwarteten mich bereits.

„Bitte, Kim, wir müssen da noch etwas klären, bevor ich abreise", sagte Milton düster, schluckte und schaute zu Thorburn. „Eigentlich war das deine Idee. Du bestehst darauf, dass wir es ihr sagen, also fang gefälligst an."

„Na ja, ich habe mich geärgert", knurrte der Angesprochene. „Über die ständig gerümpfte Nase von dir, Kim, und über deine Arroganz und überhaupt. Ich hab' gedacht, dass ich dich schon runterkriege von deinem Sockel der Biederkeit. Da ist mir die Idee gekommen. Eigentlich uns beiden."

Er sah hinüber zu Milton, der beharrlich schwieg. „Wir machen das manchmal. Ein Spiel, eine Wette. Ich gebe jemanden vor und er versucht halt sein Glück. No Limits. Er durfte sogar von meinem Alten erzählen und von meiner Exschlampe. Es hat ja auch erst geklappt. Dass du letztendlich so reagiert hast, damit konnte keiner rechnen."

Ein Lächeln huschte über sein Gesicht. „Respekt! Das hätte ich nicht gedacht. Und unser Milton erst recht nicht."

Er schlug seinem Freund auf die Schulter, was diesen zusammenzucken ließ. Gleichzeitig fasste er sich an die Lippe. Wenn ich nicht so empört gewesen wäre, hätte mich die Szene durchaus amüsiert.

Thorburn fuhr fort: „Es tut mir aufrichtig leid. Wirklich! Wir sind da wohl zu weit gegangen. Deshalb sollte auch Milton sich bei dir entschuldigen, finde ich."

Milton meldete sich zögerlich zu Wort. „Es tut mir leid. Wenn ich dich verletzt habe, dann mache ich das wieder gut! Ganz bestimmt. Könnten wir doch noch einmal von vorne anfangen ... ich mag dich nämlich ..."

Ich stand mit offenem Mund da. Was ich die ganze Zeit geahnt hatte, war also Wirklichkeit. Die beiden hatten eine

Wette geschlossen. Der Einsatz war ich gewesen. Plötzlich war mir alles egal.

„Meine Güte, was seid ihr doch bloß für Kotzbrocken!", schrie ich sie an. „Zwei Typen mit dicken Eiern, die sich einen Spaß daraus machen, Frauen aufzureißen. Connor Thorburn, der die Rahmenbedingungen vorgibt ..."

Ich blitzte Thorburn an, der immer noch schuldbewusst, aber belustigt aus der Wäsche guckte und wies anschließend auf Milton, der vorsichtshalber einen Schritt zurück ging.

„Und du, du blöder Arsch, säuselst auch noch herum! Von wegen von vorne anfangen ... Für wie dämlich hältst du mich eigentlich. Nachdem ich dich habe abblitzen lassen, bist du direkt zu Celine gekrochen. Oh Mann, ich habe so die Schnauze voll von euch ..."

Ich drehte mich auf dem Absatz herum und stolzierte in Richtung meiner Wohnung. Ich hätte heulen können vor Wut oder alle beide kräftig verprügeln.

Seltsam, in meinem ganzen Leben hatte ich noch nie daran gedacht, gewalttätig zu werden. Seit ich in Crannog House war, hatte ich andauernd solche Fantasien, jedenfalls, was Thorburn betraf.

In der Wohnung angekommen, setzte ich mich auf den Balkon und versuchte mich zu beruhigen. Was sollte ich machen? Sofort die Kündigung einreichen? Aber die Genugtuung wollte ich Thorburn nicht geben. Obwohl - er hatte schon ziemlich zerknirscht ausgesehen, als er sich bei mir entschuldigt hatte. Wie ein kleiner Junge, der etwas Verbotenes getan hatte. Und Milton würde gleich abreisen. Ihn würde ich in absehbarer Zeit nicht sehen.

Nach einer Weile verrauchte die Wut und ein leichtes Triumphgefühl machte sich breit. Connor Thorburn hatte sich tatsächlich bei mir entschuldigt.

Ein paar Tage später verließ auch Thorburn Crannog House, geschäftlich, wie mir Celine erzählte. Das kam mir natürlich sehr entgegen, weil ich wieder einmal nicht wusste, wie ich mich ihm gegenüber verhalten sollte. So beschloss ich, nach seiner Geschäftsreise ganz normal zur Tagesordnung überzugehen und den Vorfall mit Milton nicht mehr zu erwähnen.

***

„Vor ein paar Wochen ist ein Club eröffnet worden, in Liverpool. Ich habe ne Menge Geld reingepumpt und wollte mich schon lange mal dort blicken lassen. Wie wäre es?"

Thorburn war wieder zu Hause eingetrudelt. Auch er tat so, als wäre nichts passiert. Heute hatte er mich auf dem Weg zu meiner Wohnung abgefangen.

Ich glaubte mich verhört zu haben. „Wie wäre was?"

„Ich möchte dich ausführen. In diesen Club. Er wird dir gefallen."

Ungefähr zweidutzend Alarmglocken schrillten in meinem Kopf. „Ich glaube nicht, dass ich mit dir irgendwohin gehen werde. Schon gar nicht in einen Club. Nicht nach den letzten Erfahrungen mit dir und deinem Kumpel."

Ups, es war raus, obwohl ich doch gar nicht mehr über die ganze Sache reden wollte.

Nebenbei hatte ich es aufgegeben und duzte Thorburn genau so wie er mich. Er hatte es mit einem Stirnrunzeln und einem „Geht doch" zur Kenntnis genommen.

„Das kann ich gut verstehen. Wir haben uns mies verhalten. Aber schau mal, wir sollten das Kriegsbeil begraben. Schon wegen Fia. Du tust ihr wirklich gut. Also - das wäre doch eine Gelegenheit. Ich verspreche dir hoch und heilig, dass ich mich tadellos benehmen werde."

Ich schüttelte störrisch den Kopf und um ein Haar hätte ich mit dem Fuß aufgestampft. „Nein, auf keinen Fall."

Wir waren an dem Nebengebäude angekommen, in dem sich meine Wohnung befand. Wie selbstverständlich folgte Thorburn mir. Vor meiner Wohnungstür zögerte ich.

„Du musst keine Angst haben. Ich will nur in Ruhe mit dir reden und dich nicht vergewaltigen, wenn ich in der Wohnung bin. Ehrlich", murmelte er belustigt.

Verflixt, dieser Gesichtsausdruck stand ihm wirklich gut. Einmal mehr stellte ich fest, dass er ein verdammt attraktiver Mann war. Plötzlich kam ich mir reichlich dämlich vor. Ich öffnete die Tür. Mit einer Geste bedeutete ich ihm, einzutreten. Er ging direkt in den Wohnraum, schaute sich um.

„Du hast es dir nett gemacht", stellte er fest. „Und einen Rotwein hast du auch parat." Er nahm die Flasche, las stirnrunzelnd das Etikett. „Wo hast du den denn her?"

„Aus dem Supermarkt", antwortete ich knapp, holte zwei Gläser und schenkte uns ein. Thorburn ließ den Wein im Glas kreisen, schnüffelte misstrauisch. Dann nahm er einen Schluck und verzog den Mund. „Mädchen, wie kannst du so etwas trinken? Das ist Fusel." Demonstrativ trank auch ich. „Mir schmeckt er super."

„Das glaube ich nicht. Oder du hast noch nie einen vernünftigen Wein getrunken. Wahrscheinlich fehlt dir die Vergleichsmöglichkeit. Das müssen wir umgehend ändern."

„Quatsch, ich mag den Wein. Um zum Thema zu kommen: Ich will nicht mit dir ausgehen. Das ist bloß wieder eine Masche von dir.“

Ein wenig theatralisch legte er sich die Hand aufs Herz. „Nein, ist es nicht. Ich will nur etwas gut machen und einen netten Abend mit dir verbringen. Ich will dir weder etwas tun, noch dich an den meistbietenden Scheich verhökern.“

Mir fiel noch eine Ausrede ein. „Aber was ist mit Fia, wenn wir beide zusammen ausgehen. Sie kann nicht allein bleiben.“

„Kein Problem. Das habe ich mit Stella abgesprochen. Sie würde in Crannog House übernachten. Und Celine ist ja auch noch da. Gibt es sonst noch Vorbehalte? Mädchen, ich will einfach einen netten Abend mit dir verbringen. Ohne Hintergedanken.“

Das wäre zu schön um wahr zu sein. Ich musterte ihn zweifelnd.

„Ich hätte nicht gedacht, dass du feige bist ...“

Wut stieg in mir hoch. Wie kam er dazu, mich als feige zu bezeichnen. Und wie er guckte. Als würde er mir nicht zutrauen, in einen Club zu gehen. „In Ordnung, ich komme mit", sagte ich spontan und ein wenig atemlos.

„Wie bitte?", scheinbar hatte er damit nicht gerechnet.

„Ich sagte, ich komme mit. Ist das so schwer zu verstehen."

Jetzt grinste er. „Sei nicht so frech, Mädchen. Aber ich freue mich, dass du es dir überlegt hast. Es wird bestimmt nett."

Als ich am nächsten Abend meine Wohnung betrat, fand ich eine Kiste mit Rotwein vor. War Thorburn etwas hier gewesen? Ohne mein Wissen? Das ging gar nicht! Ich beschloss, ein ernstes Wort mit ihm zu reden. Doch erst einmal schaute ich mir den Wein genauer an. Das Etikett sagte mir nicht viel. Es war ein Barolo aus dem Piemont. Neugierig öffnete ich die Flasche, schenkte mir ein. Der Wein leuchte rubinrot, fast violett. Ich kostete, schloss genüsslich die Augen, ließ den Wein über meine Zunge rollen, schmeckte Himbeeren und Pflaumen, aber auch ein wenig Lakritz.

Nicht schlecht. Daran könnte ich mich gewöhnen.

Erst jetzt sah ich die Karte:

Hier hast du eine Vergleichsmöglichkeit. Ich hoffe, ich habe deinen Geschmack getroffen. Was unser ‚Date' anbetrifft, freue ich mich wirklich sehr.

Aber bitte, mach dich zurecht. Keine Sneakers und vor allem - mach was mit deinen Haaren.

Seltsam, dieses Mal brachte er mich nicht auf die Palme. Im Gegenteil, ein Lächeln stahl sich auf mein Gesicht und ich freute mich auf den Abend mit ihm. Das war eben Connor Thorburn. Er konnte nicht aus seiner Haut. Aber vielleicht würde er sich ein klein wenig ändern - für mich?!?

***

„Nein, das glaube ich jetzt nicht! DU gehst mit Thorburn. aus. Jetzt bist du endgültig übergeschnappt!" Celine war so gut wie sprachlos. Jedenfalls für ihre Verhältnisse.

Ich hatte bisher keine Gelegenheit gehabt, mit ihr zu reden. Jetzt hatte ich bei ihr angeklingelt und ihr von Thorburns Einladung erzählt.

„Wenn ich es dir sage. Er hat mich gefragt, ob ich ihn in einen neuen Club begleite, in den er Geld gesteckt hat oder so", erklärte ich jetzt.

Celine schnappte nach Luft. „Das ist bestimmt das Angel Heart. Ein neues, super angesagtes Ding. Da kommt nicht jeder rein, das kannst du mir glauben", sie verdrehte die Augen. „Dafür würde ich sogar Thorburns Gesellschaft ertragen."

Hektisch riss sie ihren Kleiderschrank auf. „Dann wollen wir mal schauen, was du anziehen kannst."

„Lass mal. Ich ziehe einfach eine Jeans an und ein Shirt. Er har zwar gesagt, dass ich keine Sneakers anziehen soll, aber darauf pfeife ich", winkte ich ab. „Übrigens wird es vielleicht ganz nett mit ihm. Er hat sich echt angestrengt, als er mich gefragt hat."

„Das kann ich mir nicht vorstellen. Aver egal." Celine musterte mich streng. „Sneakers? Shirt und Jeans? Das kommt gar nicht in Frage. Wir werden etwas richtig Heißes finden. Ich schminke dich und mit deinen Haaren müssen wir auch was machen."

„Verdammt, was ihr alle mit meinen Haaren habt. Ich find' sie gut, so wie sie sind."

Celine nahm mich in den Arm. „Honey, deine Haare sind perfekt für dich, echt. Aber wenn du schon die Gelegenheit hast, einen so tollen Club zu besuchen, dann sollst du auch total gut aussehen. Thorburn werden die Augen aus dem Kopf fallen."

So hatte ich mich von Celine zu einem völlig neuen Outfit überreden lassen. Allerdings hatte ich mich standhaft ge-

weigert, einen superkurzen Rock anzu-
ziehen. Stattdessen trug ich eine
schwarze Hose, von der ich niemals erwartet hätte, dass ich hineinpassen
würde. Allerdings konnte ich, nachdem
ich den Reißverschluss mit viel Mühe
und auf dem Rücken liegend geschlossen hatte nicht tief einatmen und schon
gar nichts essen. Obenrum hatte Celine
mir zu einem tief ausgeschnittenen,
schlichtem, schwarzem Top geraten.
Komplettiert wurde das Outfit durch
einen silberglitzernden Gürtel und sil-
berne Highheels, die mich in schwin-
delnde Höhe beförderte. Nie hätte ich
gedacht, in diesen Mörderteilen laufen
zu können, aber nach einiger Übung ging
es.

Nachdem Celine mir mit ihrer Schminke
ausgeholfen und auch meine Locken
gebändigt hatte, fühlte ich mich zwar
fremd, aber ziemlich sexy.

Fertig gestylt machte ich mich auf den
Weg zum Haupthaus. Im Wohnraum räkelte Connor sich in einem Sessel, mus-

terte mich, ließ sich Zeit dabei, nippte an seinem Whiskyglas. „Umdrehen."

Ich holte tief Luft.

„Umdrehen, habe ich gesagt."

Langsam gehorchte ich, drehte mich einmal um die eigene Achse.

Er kniff die Augen zusammen, taxierte mich. „Wer war das?"

„Celine."

„Dachte ich mir. Wie lange kannst du in den Stöckeln laufen?"

„Keine Ahnung."

„Werden die Haare so halten?"

„Nein, nicht den ganzen Abend. Und jetzt hör auf mit dem Mist. Sei froh, dass ich überhaupt mitkomme."

Er lachte, ging er zur Bar, füllte ein Glas. „Du siehst übrigens super aus."

Ich reckte mich ein wenig, war sicher, jetzt wenigstens einen Meter gewachsen zu sein, nahm das Glas entgegen. „Whisky?"

„Yep. Cheers. Auf einen unvergesslichen Abend."

Entschlossen nahm ich das mir angebotene Glas und kippte den Whisky hinunter. „Danke übrigens für den Wein. Aber das nächste Mal solltest du warten, bis ich daheim bin. Es geht gar nicht, dass du einfach in meiner Abwesenheit in meine Wohnung gehst."

Seine Miene verdüsterte sich, er runzelte die Augenbrauen. Oh je, jetzt würde er ausfallend werden und wir würden uns anblaffen wie gehabt. Der Abend wäre gelaufen und ich hätte mich ganz umsonst in die mega enge Hose geschossen und mich angemalt. Abgesehen von meinen Haaren!

Einen Augenblick lang musterte er mich, dann grinste er. „Ist in Ordnung", sagte er zu meiner Verblüffung.

***

Als der Wagen in die hell erleuchtete Einfahrt einbog, schaute ich neugierig aus dem Fenster. Vor uns befand sich ein Gebäude, über dessen Fassade Laserblitze zuckten. „Ist das deins?", fragte ich neugierig.

„Nein, was soll ich mit diesem Schuppen? Ich habe mich an der Finanzierung beteiligt, das ist alles."

„Okay", abgelenkt betrachtete ich die Schlange, die sich vor dem Haupteingang gebildet hatte. Ein wenig graute es mir davor, mich hier durchzuwuseln.

Connor schien meine Gedanken zu erraten. „Keine Sorge. Wir gehen natürlich durch einen Nebeneingang rein. Dort ist es nicht so voll."

Wirklich hielt der Wagen vor einem etwas kleineren Eingang. Bullige Männer nickten uns zu, als wir den Wagen verließen. Connor fasste mich an den Arm, führte mich in ein Foyer.

Drinnen wurde er wie ein alter Bekannter begrüßt. Man führte uns in ein Zimmer, in dem Tabletts mit Fingerfood aufgebaut waren. Daneben standen Champagnergläser. Hier stand man in kleinen Grüppchen zusammen. Herren in dunklen Anzügen, edel gekleidete Damen, die allesamt schön waren.

Ich wurde mit ein paar höflichen Worten begrüßt, dann ließ man mich stehen. Interessiert nahm ich mir ein gut gefülltes Champagnerglas, schlenderte hier und dort hin. Sah mir alles an. Connor schien im totalen Mittelpunkt zu stehen. Er lächelte unverbindlich, schüttelte Hände, unterhielt sich prächtig, ohne Notiz von mir zu nehmen. Ein wenig war ich enttäuscht, ließ es mir aber nicht anmerken. Wenn er so beschäftigt war, dann konnte ich mir auch auf eigene Faust alles anschauen.

Also schlüpfte ich zur Tür hinaus, folgte der Musik. Schließlich bog ich um die Ecke. Vor mir lag der eigentliche Club. Aus meterhohen Boxen hämmerte der Rhythmus der Musik. Scheinwerfer warfen tanzende Flammen. Die kathedralenartige Halle war zum Bersten gefüllt mit Menschen, die sich zum Takt der Musik bewegten. Eine Weile schaute ich zu, doch schließlich wurde mir das alles zu viel.

Ein wenig abseits entdeckte ich einen Durchgang. Leute passierten ihn, meist zu zweit, aber auch allein. Neugierig folgte ich ihnen.

Es war schwül. Feuerschalen warfen Schatten. Die Musik war hier viel leiser, dezent und irgendwie erotisch. Eine Weile stand ich einfach da und schaute mich um, sah die Nischen.

Bequeme Polster lagen im Halbdunkel. Engumschlungene Pärchen, Frauen mit geschürzten Röcken, zwischen ihnen Männer auf den Knien, die sie verwöhnten. Auch Männer, die sich von nackten Mädchen bedienen ließen. Schnell zog ich mich in den Schatten zurück, stand mit offenem Mund da. Fasziniert und gleichzeitig abgestoßen konnte ich den Blick nicht abwenden.

Plötzlich war jemand neben mir, eine Hand berührte sacht meine Schulter. Panisch zuckte ich zurück.

„Hier bist du also. Das hätte ich nicht erwartet", sagte Connor spöttisch. „Willst du auch mal in eines der Paradiese? Ich kann dir einen Toyboy mieten, wenn du das möchtest. Oder stehst du eher auf etwas Weibliches?"

Mir wurde siedend heiß. Ich schnappte nach Luft. „Ich habe mich ... äh ... verlaufen. Ich habe das Klo gesucht", stammelte ich.

„Ja klar, das Klo. Dass ich darauf nicht gekommen bin." Er nahm meine Hand. Zog mich hinter sich her. Hinaus aus dem Darkroom, durch den Club, steuerte eine Treppe an.

Trotzig blieb ich stehen. „Ich will da nicht hin!"

„Wo genau willst du nicht hin?", fragte Connor belustigt nach.

„Na da, wo du mich hinschleppen willst." Wahrscheinlich wollte er mit mir in einen besonderen Privatpuff. Wer konnte wissen, was dort geschehen würde.

Connor runzelte die Stirn. „Das verstehe ich. Ich schleppe dich nämlich in ein Verlies. Dort werden kleine Mädchen mit rostigen Ketten gefesselt und so richtig rangenommen, wenn sie nicht artig sind. Jetzt mach dich nicht lächerlich. Wir gehen in den VIP Bereich." Er sah in mein Gesicht und grinste.

„Geht doch", Connor hatte sein Sakko ausgezogen und ließ sich nun in die Polster fallen. Eine Kellnerin stand vor uns. „Champagner, Mister Thorburn?"
„Gern", er begutachtete die Flasche, studierte das Etikett, schien zufrieden zu sein, denn er gab der Bedienung ein Zeichen. Dann wandte er sich an mich. „Möchtest du etwas essen?"
Ich verzog das Gesicht. „Geht nicht!"
„Wie bitte?"
„Meine Hose, sie kneift tierisch."
„Na ja", er taxierte mich wieder. „Hat sich aber gelohnt. Wo hast du auf einmal diesen göttlichen Arsch her? Es ist nicht zu fassen." Er nahm einen Schluck. „Übrigens, ein paar Mal bin ich nach meiner Begleitung gefragt worden. Ich habe wahrheitsgemäß gesagt, dass du mein Kindermädchen bist. Aber nicht einer

hat mir das geglaubt. Das hat man davon, wenn man ehrlich ist. Wie gefällt es
dir eigentlich hier?"

Neben mir griff ein alter, schwabbeliger
Mann einer bestimmt dreißig Jahre jüngeren Frau unter den Rock. Ich traute
meinen Augen nicht, denn es schien beiden nichts auszumachen.

„Na ja."

Connor folgte meinem Blick. „Was
meinst du? Wird er sie nachher noch
nageln? Oder muss sie auf die Knie und
so richtig arbeiten für ihr Geld?"

„Du bist abscheulich", wieder merkte
ich, dass ich rot wurde.

„Findest du? Was ist mit der dort drü-
ben?" Er zeigte auf eine auffallend at-
traktive Person, um die sich gleich zwei
junge Männer bemühten. „Wer wird das
Rennen machen? Der brave Streber oder
den freche Bengel?"

Ich beobachtete das Trio eine Weile und
schnaubte dann. „Keiner von beiden."
Wieso nicht?"

Jetzt war es an mir zu grinsen. „Weil sie dich schon die ganze Zeit beobachtet. Ich glaube sie will dich."

Tatsächlich fertigte die Frau ihre Begleiter ab und stand auf. Lasziv fuhr sie sich mit den Händen über die Hüften, dann setzte sie sich in unsere Richtung in Bewegung.

„Sie sind mir aufgefallen", hauchte sie in Connors Richtung. „Ich habe heute wirklich Lust auf Spiele, aber meine Begleiter sind nicht die Richtigen. Vielleicht sind Sie es ja?" Ihre Stimme war dunkel und weich wie Samt.

Verärgert runzelte ich die Augenbrauen. Schließlich war ich mit Connor hier! Was dachte sich die Tussi? Nicht, dass ich Besitzansprüche anmelden wollte, aber so wie er sich in der letzten Zeit gegeben hatte, konnte ich mir durchaus vorstellen ...

Connor lächelte. „Die beiden mit ihren Balzgehabe aus der Vorschule sind sicher nicht die Richtigen für Sie. Sie brauchen einen Mann, der weiß, was er will. Und ich denke, Sie mögen es, wenn ihr Partner sie hart anfasst." Er sah ihr direkt ins Gesicht. „Ist es nicht so?"

Sie schluckte. „Meinen Sie? Wie kommen Sie darauf?"

„Nun .... was soll ich sagen. Ich habe so meine Erfahrung mit Frauen wie Ihnen."

Ihre Brust hob und senkte sich. „Davon habe ich allerdings schon gehört. Ihr Ruf ist Ihnen vorausgeeilt. Wie sieht es aus, möchten Sie eine Runde spielen? Mit einer richtigen Frau, nicht mit einem kleinen Mädchen", mit diesen Worten ließ sie den Blick zu mir schweifen, taxierte mich. Mir fehlten die Worte. Was für eine unverfrorene Person!

Connor Blick wurde träge. Ich schluckte. Er würde doch nicht ernsthaft über das Angebot nachdenken? Plötzlich wandte er sich mir zu. „Was meinst du, Kim? Sollte ich meinem Spieltrieb nachgeben?"

Er erwischte mich kalt. „Nein!", sagte ich schnell und viel zu laut.

„Okay, dann tut es mir leid", mit diesen Worten wandte er sich wieder an die

Frau. „Ein andermal gern. Für heute bin ich schon besetzt."

Sie nahm es sportlich. „Schade. Aber der Abend ist noch jung." Sie wandte sich ab und stöckelte aus dem Raum.

„Das hatte ich nicht erwartet. Ein interessanter Abend ist das heute. Möchtest du heute mit mir spielen, Miss Stunned?" Connor schob mir die Hand in den Nacken, streichelte mich sacht.

Ich versuchte ihm auszuweichen, was mir nicht gelang. „Nimm die Hand weg", flüsterte ich verlegen.

„Also keine Spielchen? Was dann?"

„Nein, keine Spielchen mehr", antwortete ich atemlos, versuchte wieder, seiner sanften Hand auszuweichen.

Er ignorierte meinen Prostest vollständig. Streichelte mich weiter. Obwohl ich es gar nicht wollte, hätte ich am Liebsten unter seiner Hand geschnurrt. Gleichzeitig wurde ich feucht. Ich spannte verzweifelt die Muskeln an, was mich noch mehr erregte.

Er legte die andere Hand unter mein Kinn, so dass ich gezwungen war, ihn anzuschauen. Dann senkte er den Kopf, küsste mich.

Die Welt um mich versank. Ich spürte nur seine Lippen auf den meinen, seine Hände, die mich streichelten.

Schließlich löste er sich von mir, schaute mir in die Augen. „Bist du hungrig, Kim?"
Ich blinzelte. „Ja", erklärte ich entschlossen. Alle Vorbehalte waren plötzlich wie weggeblasen. Ich wollte ihn. Heute Nacht - sofort. Es war mir ganz egal, was weiter geschehen würde.

Er schaute mich ernst an. „Wenn du dich mit mir einlässt, dann werde ich keine Rücksicht auf dich nehmen. Ich werde mit dir tun, was ich will und du wirst mir nicht widersprechen, sondern meinen Anweisungen folgen, sonst werde ich dich bestrafen. Ich werde dich hart rannehmen, aber ich garantiere dir, dass du noch nie so befriedigt worden bist. Bist du sicher, dass du das willst?"
Ich sah ihn einfach an, nickte und ich wusste, dass ich das Spiel verloren hatte.
„Komm", er nahm meine Hand, erhob sich. „Wir fahren nach Hause."

***

Während der Fahrt sprachen wir nicht miteinander, berührten uns nicht. Es war eine ganz seltsame Stimmung zwischen uns.

Schließlich standen wir in der Eingangshalle. „Wollen wir noch etwas trinken", fragte er.

Ich schüttelte den Kopf. „Nein. Ich will dich, sofort." Das meinte ich ganz ernst. Das Blut rauschte in meinen Adern, Erregung pochte zwischen meinen Beinen. Ich war nicht nur feucht, sondern mein Slip war völlig durchnässt.

„Davon werde ich mich jetzt überzeugen." Er hob mich hoch und trug mich in sein Schlafzimmer, wo er mich sanft auf die Matratze legte.

„Little Miss Stunned", flüsterte er und küsste mich, erst zärtlich wie vorhin im Club, dann drängend, fast gierig. Ich erwiderte das Spiel seiner Zunge, stöhnte leise.

Ganz unerwartet löste er sich von mir, richtete sich auf. „Du wirst jetzt tun, was ich dir sage und zwar ohne zu Widersprechen", bei diesen Worten schaute er mir in die Augen.

Was sollte das denn jetzt? Er sollte nicht viel herumreden, sondern mich einfach nehmen.

„Das werden wir sehen."

Aufreizend strich ich mit der Hand über mein Shirt, massierte sanft meine Brüste. Sein Blick folgte meinen Fingern. Ich öffnete die Knöpfe meiner Hose, zog sie aus, streifte mir das Shirt über den Kopf. Anschließend ließ ich eine Hand in meinen String gleiten, streichelte mit der anderen meine nackten Brüste.

„Du Miststück, ich werde dich heute noch zum Schreien bringen", knurrte er.

Erwartungsvoll leckte ich mir über die Lippen. „Sag mir, was ich tun soll."

„Geh auf die Knie."

Aufreizend langsam drehte ich mich auf den Bauch. Wartete gespannt auf seine Reaktion, die prompt kam. Er packte mich bei den Haaren, zog mich hoch. „Schneller!"

Das hatte ich nicht erwartet, deshalb schrie ich leise auf, wandte mich unter seinem groben Griff. Das veranlasste ihn, etwas locker zu lassen, allerdings ließ er meine Haare nicht komplett los.

„Du hast meinen Befehl missachtet, deshalb muss ich dich bestrafen", raunte er mir zu.

Der Schlag auf meinen Po traf mich völlig unvermittelt. „Wie kannst du es wagen ...", keuchte ich.

Wieder traf mich ein spielerischer Schlag. „Wie kannst du es wagen mir zu widersprechen und meinen Anweisungen nicht zu folgen", knurrte er. „Ich werde dir Gehorsam beibringen."

In seiner Stimme schwang Erregung mit. Er zog grob meinen String hinunter bis zu meinen Kniekehlen, dann drängte er einen Finger in mich. „Das ist es doch, was du willst, du kleines geiles Biest."

Obwohl ich es nicht wollte, drängte ich mich ihm entgegen. Mein Körper schien ein Eigenleben zu führen. Während er mich mit der einen Hand fickte, schlug er weiter zu. Mein Körper stand in Flammen. Der Schmerz ließ mich klatsch nass werden. „Bitte", wimmerte ich.

„Ja, was willst du sagen?"

„Ich will dich in mir spüren", stammelte ich, während mir die Tränen über die Wangen liefen. Was war nur mit mir los? Dieser Mann schlug mich und ich bettelte ihn an, mich zu nehmen. Schlimmer ging es nicht.

„Noch einmal: was willst du?"

„Ich will, dass du mich vögelst. Ich will, dass du mich zum Wimmern und zum Schreien bringst", brach es aus mir heraus.

Er richtete sich auf, ließ abrupt von mir ab.

„Du kannst doch jetzt nicht einfach aufhören", stammelte ich fassungslos.

„Natürlich kann ich das. Du hast es dir noch nicht verdient", sah ich tatsächlich ein belustigtes Blitzen in seinen Augen?

Empört, wütend und wahnsinnig erregt drehte ich mich um. Wie konnte er nur so cool sein, obwohl seine Erregung unübersehbar war? Lange würde er mich bestimmt nicht mehr zappeln lassen können. Langsam stand ich auf, rieb mich an seinem Körper. Er ließ mich

136

gewähren, zog sich das Hemd aus. Sein Oberkörper war durchtrainiert, er sah fantastisch aus. Meine Lippen pressten sich auf seine Brust, ich leckte einen salzigen Schweißtropfen von seiner Haut. Seine Hände legten sich auf meine Schultern, er drängte mich zu Boden.

„Auf die Knie, hatte ich dir ursprünglich befohlen", sagt er.

Irgendwie war mir alles egal, ich folgte seinem Befehl, kniete mich vor ihn. Er öffnete seine Hose und sein steifer Penis reckte sich mir entgegen. Mit beiden Händen nahm er meinen Kopf. „Nimm ihn in den Mund", befahl er.

Ich schluckte. Wie oft hatte ich es mir ausgemalt wie es wäre, einen Mann mit dem Mund zu verwöhnen. Aber über den Gedanken war ich nie hinausgekommen.

„Mach schon." Energisch dirigierte er meinen Kopf. Seine glänzende Erektion ragte mir entgegen, er zog mich näher. Zaghaft öffnete ich die Lippen und schon schob er mir seinen Penis in den Mund.

Sein Glied fühlte sich seidig und glatt an, der Geschmack war ein wenig bitter, aber ich mochte ihn. Immer lustvoller umschlossen meine Lippen ihn, glitten vor und zurück, während er das Tempo bestimmte, wobei er darauf achtete, nicht zu tief in meinen Mund zu stoßen. Sein Glied wurde härter, ich schmeckte die ersten Lusttropfen.

‚Er wird doch nicht in meinem Mund kommen!', dachte ich leicht panisch. Doch das war unbegründet, denn er zog sich aus mir zurück, legte sich auf das Bett.

Immer noch kniete ich auf dem Fußboden, fühlte mich so nackt und bloß wie noch nie.

„Setz dich auf mich", befahl er. Zögernd stand ich auf, setzte mich rittlings auf ihn, rieb sacht mein Becken an ihm, spürte ihn schließlich tief in mir. Ich schloss die Augen, genoss das Gefühl, ganz von ihm ausgefüllt zu sein.

Mit den Händen packte er meine Hüften, gab den Rhythmus vor. „Du wirst erst kommen, wenn ich es dir erlaube."

Erschrocken riss ich die Augen auf. „Ich kann nicht ...“

„Oh doch, du kannst. Wenn du ohne Erlaubnis kommst, dann schleife ich dich nackt an einer Kette durch Liverpool“, knurrte er.

Verzweifelt versuchte ich, seinen Anweisungen zu folgen, versuchte den herannahenden Orgasmus zu unterdrücken, während er sich ein wenig aufrichtete und meine Nippel mit seinem Mund liebkoste, sie vorsichtig mit den Zähnen neckte. Ich zitterte vor Lust, biss mir in die Unterlippe, ritt ihn immer schneller. Schließlich warf er mich mit einem Schwung auf den Rücken, rammte unbarmherzig in mich.

„Bitte, ich kann nicht mehr“, keuchte ich, erwiderte seine Stöße.

„Dann komm jetzt für mich!“

Ein Orgasmus erschütterte mich und wie durch einen Schleier nahm ich wahr, dass er sich in mir ergoss.

Schließlich umschlang er mich mit den Armen, rollte sich auf die Seite, so dass wir Gesicht an Gesicht nebeneinander lagen.

„Es hat dir gefallen", stellte er fest.

Ich blinzelte ihn an. „Ja, das hat es. Sehr sogar."

„Ich wusste, dass du auf Dominanz stehst. Das Gefühl hatte ich von Anfang an. Wahrscheinlich hast du es selbst gar nicht gewusst."

Damit hatte er ins Schwarze getroffen. Noch nie hatte ich mich nach dem Sex so toll gefühlt wie gerade im Moment.

Er liebkoste meine Brust. „Du willst nicht antworten? Auch gut. Ich sehe es dir sowieso an. Lass uns duschen gehen."

„Okay, aber ich garantiere für nichts", sagte ich selbstsicherer, als ich mich fühlte, um meine Verlegenheit zu überspielen.

„Wir werden sehen", konterte er. Irgendwie schien er mich ziemlich gut zu durchschauen.

Unter der Dusche schäumte er jeden Zentimeter meines Körpers ein. Schon wieder prickelte es angenehm zwischen meinen Beinen, was ihm nicht verborgen blieb. Er ließ sich Zeit, massierte meine Brüste, zwirbelte die Nippel. Schließlich glitt seine Hand zwischen meine Schenkel, mit zwei Fingern drang er in mich ein, bewegte sich rhythmisch tief in mir.

„Gefällt dir das?"

Ich stöhnte auf. Zur Hölle - und wie mir das gefiel. Ich presste meine Scham an seine Hand, kam ihm entgegen.

„Heiß, eng und feucht. Genau so will ich dich", flüsterte er, fickte mich mit seinen Fingern. „Du darfst dich fallen lassen", flüsterte er mir zu, stieß immer heftiger zu.

Ob ich es wollte oder nicht, mein Unterleib krampfte sich zusammen, gehorsam kam ich unter seinen kundigen Händen. Sanft küsste er mich. „Du lernst schnell."

Doch noch wollte ich mich nicht geschlagen geben, nahm sein aufgerichtetes Glied zwischen meine Oberschenkel, bewegte mich sacht vor und zurück.

„Du kleines Miststück", stöhnte er. „Du willst es nicht anders."

Er legte seine Hände auf meine Schultern, drückte mich auf die Knie. „Du weißt, was du zu tun hast."

Das wusste ich allerdings. Ich umfasste seinen heißen Schwanz, spürte, wie er in meiner Hand pulsierte. Langsam ließ ich meine Zungenspitze an seinem Schaft entlanggleiten, umkreiste die Eichel.

„Nimm ihn ganz in den Mund", stöhnte er.

So umschloss ich seinen Penis ganz mit meinen Lippen, ließ ihn immer wieder in meinen Mund eintauchen.

Seine Hände krallten sich in mein Haar. Ich folgte seinem Druck, beschleunigte das Tempo, nahm ihn so tief auf, wie ich konnte.

„Dieses Mal wirst du schlucken", knurrte er, hielt meinen Kopf fest, während er sich aufbäumte, schließlich in meinem Mund kam.

Noch immer außer Atem zog er mich hoch, küsste mich. „Ich kann mich schmecken. Das gefällt mir", murmelte er und nach einer Weile: „Whow, das hätte ich nicht erwartet."

Ich musste lachen. „Warum nicht? Nur weil ich nicht so viel Erfahrung habe? Dafür bin ich ungeheuer kreativ, mein Lieber."

„Pass bloß auf", sagte er gespielt drohend. „Sonst versohle ich dir noch einmal deinen süßen Hintern."

***

Ich hatte also ein Verhältnis mit meinem Boss. Noch schlimmer: Ich hatte mich in ihn verliebt. Obwohl ich ihn doch eigentlich nicht leiden konnte! Weil er arrogant war und unsäglich und ein richtiger Kotzbrocken. Aber es war schon so, wie Milton gesagt hatte. Unter der Fassade gab es noch einen anderen Connor. Einen Mann, der liebenswerte Seiten hatte. Auch hatte Milton durch seine Erzählungen über Connors Kindheit Verständnis für seine Härte in mir geweckt. Wenn ich nur daran dachte, wie er aufgewachsen war, dann hätte ich ihn sofort in den Arm nehmen können. Oder glaubte ich nur, ihn zu lieben, weil er mich sexuell befriedigte, wie noch kein Mann zuvor? Weil er eine Saite in mir zum Klingen brachte, von der ich bisher nichts geahnt hatte? Ich liebte es, wenn er mir während des Liebesspiels Anweisungen gab, was ich zu tun hatte. Wenn er mit mir spielte, mir verbot zu kommen und ich versuchte, den herannahenden Orgasmus zu unterdrücken, um wenig später und mit seiner Erlaubnis laut schreiend und bebend meine Erlösung fand.

Connor, Fia und ich unternahmen unter anderem eine Bootsfahrt und Fia, die sich das sehnlichst gewünscht hatte, schwebte, genau wie ich, im siebten Himmel, zumal sich ihr Vater aufgeräumt und richtig gut gelaunt gab. In Gegenwart des Kindes nahmen wir uns ziemlich zusammen, was nicht immer leicht war. Mit Genugtuung stellte ich fest, dass es ihm genauso schwer zu fallen schien, die Hände bei sich zu behalten, wie mir.

Celine, die natürlich mitbekommen hatte, dass zwischen Connor und mir etwas lief, enthielt sich erstaunlicherweise jeden Kommentars. Ab und zu musterte sie mich missbilligend, schien auch etwas sagen zu wollen, schwieg dann aber. Mir war es nur Recht, denn ich hatte keine Lust mich vor ihr zu rechtfertigen. Überhaupt sollte sie lieber still sein. Schließlich hatte sie nicht nur mit Connor, sondern auch mit Milton geschlafen.

Fia befand sich auf einer mehrtägigen Klassenfahrt und Connor auf einer Geschäftsreise. Eigentlich hatte ich die Zeit nutzen wollen, um für ein paar Tage nach Deutschland zu fliegen, meine Wohnung zu kündigen und gleich so weit wie möglich auszuräumen. Die Sachen, die ich nicht verkaufen konnte, würde ich bei einer Freundin unterstellen.

So wie es aussah, würde ich in absehbarer Zeit keine Wohnung in Deutschland brauchen. Alles lief ganz fabelhaft, ich fühlte mich rundherum glücklich. Wir hatten zwar nicht über die Zukunft gesprochen, aber ich ging davon aus, dass Connor und ich auch längerfristig ein Paar sein würden. Also - wozu brauchte ich dann zwei Wohnungen.

Das Ticket in der Hand verließ ich das Haus in Richtung Garage, als plötzlich Connor vor mir stand.

„Was machst du denn hier? Ich dachte du bist mindestens noch eine Woche weg", entfuhr es mir.

Er musterte mich belustigt. „Das ist ja eine nette Begrüßung. Freust du dich gar nicht, dass ich früher nach Hause komme."

„Natürlich freue ich mich. Hast du Sehnsucht nach mir gehabt?", fragte ich lächeln und fiel ihm um den Hals.

Er umfing mich, drückte mich an sich. „Oh ja, das kann man wohl sagen."

„Das kann ich ganz deutlich spüren", murmelte ich und rieb mit der Hand leicht über seine straff gespannte Hose.

„Mach ruhig so weiter, dann werde ich dich hier sofort nehmen. Ich werde dir die Sachen herunterreißen und dich an Ort und Stelle bumsen, bis du um Gnade wimmerst."

Schnell trat ich einen Schritt zurück, denn ihm war alles zuzutrauen. „Das machst du nicht!", sagte ich trotzdem.

„Bist du dir da so sicher?"

„Ähm ... nein ..."

„Das ist auch besser für dich. Ich habe etwas Besonderes mit dir vor. Komm mit." Er fasste mich bei der Hand.

„Es tut mir schrecklich leid, Connor, aber ich bin gerade auf dem Weg zum Flughafen", erklärte ich und wedelte mit dem Ticket. „Ich wollte die Gelegenheit nutzen und für ein paar Tage nach Deutschland fliegen. Ich konnte ja nicht ahnen, dass du früher nach Hause kommst."

Er schaute mich finster an. „So, und das wolltest du ganz ohne Absprache machen? Das kommt gar nicht in Frage."

„Sorry, ich dachte nicht, dass das ein Problem ist. Fia ist nicht da und du warst auch unterwegs. Also - was soll die Aufregung?"

„Du wirst jetzt nirgendwohin gehen, hast du das verstanden? Wenn ich es für richtig halte, dann kaufe ich dir ein neues Ticket und dann kannst du nach Deutschland fliegen", knurrte er und fasste mich an den Schultern.

Empört versuchte ich, mich aus seinem Griff zu befreien. „Sag mal, spinnst du jetzt, oder was? Du hast mir gar nichts zu verbieten. Ich bin doch nicht deine Leibeigene."

Ehe ich es mich versah, hatte er mich hochgenommen und warf mich über seine Schulter, wo ich mit Armen und Beinen zappelnd hing.

„Verdammt, lass mich sofort runter, du Mistkerl!", schrie ich, doch er hielt mich eisern fest und stapfte mit mir in Richtung Strand. Ich schimpfte, schlug mit den Fäusten auf seinen Rücken und versuchte, ihn zu treten, was mir nicht wirklich gelang. Trotzdem konnte ich mich nicht befreien.

Vor dem kleinen Strandhaus blieb er stehen, tastete auf dem Türrahmen herum und hatte schließlich einen Schlüssel in der Hand, mit dem er die Tür öffnete. In Haus ließ er mich endlich hinunter.

„Was soll das!", giftete ich und stemmte die Hände in die Hüften.

Unter anderen Umständen hatte ich mich hier sehr wohl gefühlt, denn das Strandhaus war im maritimen Stil eingerichtet. Eine Sitzgruppe mit einem kleinen Tisch, ein Sideboard. Bilder komplettierten das Bild.

Connor ließ mir keine Zeit dazu, mich weiter umzusehen. „Ich will dich jetzt und hier", knurrte er, schob mir das Top nach oben, strich über meine Brüste, zwirbelte die Nippel. Dann senkte den Kopf, ließ mich seine Zähne spüren.

Obwohl ich richtig wütend auf ihn war, erregte mich die Situation. Ich stöhnte, vergrub die Hände in seinem Haar. Resigniert sagte ich mir, dass ich den Flug vergessen konnte. Verdammt, wie machte er das bloß immer! Wieso hatte er eine solche Macht über mich?

Er lachte auf. „Zieh dich aus, sofort."

Wider besseres Wissen tat ich, was er mir befahl, ohne ihn aus dem Augen zu lassen. Auch er entledigte sich seiner Kleidung, zog mich an sich, küsste mich. Seine Hände glitten zwischen meine Beine.

„Nass und bereit für mich", stellte er befriedigt fest, drängte einen Finger in mich, bewegte ihn rhythmisch vor und zurück. „Ich werde dir zeigen, wer hier der Herr ist", knurrte er.

„Bitte, Connor, ich kann nicht warten", stöhnte ich.

Doch er ließ mich zappeln, erkundete meinen Körper, als wäre es das erste Mal. Wieder knabberte er an meinen Nippeln, rieb meine Perle.

Schließlich ließ er von mir ab. „Dreh dich um. Du kannst dich am Sofa abstützen", raunte er mir zu. Ich tat wie mir geheißen. Schon spürte ich seine Hände, die meine Pobacken spreizten. Dann drang er in mich ein.

Ich kam ihm mit dem Becken entgegen, erwiderte seine Stöße.

Er lachte kehlig auf. „Nicht so schnell, ich werde dich heute gründlich durchvögeln." Er verlangsamte das Tempo, stieß gemächlich in mich, ließ mich um seinen Schwanz betteln. Schließlich erhöhte er das Tempo.

„Bitte, ich kann nicht mehr. Darf ich kommen", hauchte ich atemlos.

Er schlug mir leicht auf den Po. „Noch nicht."

„Bitte, ich halte es nicht mehr aus."

Wieder ein Schlag, fester dieses Mal. „Ich sagte noch nicht."

Ich wimmerte, wandte mich unter seinen harten Stößen, kam ihm gleichzeitig gierig entgegen. Ich versuchte krampfhaft, seinen Anweisungen zu folgen, aber es ging einfach nicht mehr. Ein Orgasmus erschütterte mich.

Ärgerlich knurrte er auf, zog sich aus mir zurück. Dann beugte er mich vor, so dass ich über dem Sofa lag, ihm meinen Po entgegenreckte. „Du hast es nicht anders gewollt."

Unvermittelt traf mich ein Hieb. Nicht so sanft wie sonst, sondern viel fester. Der Schmerz zog sich durch meinen ganzen Körper. Ich keuchte auf.

„Du bekommst zehn Schläge und du wirst laut mitzählen. Wenn du nicht gehorchst, werde ich dich weiter bestrafen, bis du deine Lektion gelernt hast."

Seine Hand sauste hinunter.

„Eins ...", flüsterte ich.

„Okay, aber lauter, bitte. Ich kann dich nicht hören."

Der nächste Hieb folgte. Dieses Mal ließ er seine Hand einen Augenblick auf meinem Po liegen.

„Zwei!"

„Braves Mädchen!"

Die weiteren Schläge wurden immer schmerzhafter und ließen mir die Tränen über die Wangen laufen. Schluchzend zählte ich laut mit. Doch obwohl es unendlich weh tat, war die Bestrafung gleichzeitig erregend. So wandte ich mich nicht nur vor Schmerzen, sondern auch vor Begierde.

Schließlich hatte ich die zehn Schläge hinter mir und hing heulend über dem Sofa. Connor half mir bemerkenswert behutsam auf die Beine, küsste mich sanft. „Das nächste Mal folgst du besser meinen Befehlen."

Ich nickte. „Ja, ich werde mich bemühen …"

Mein Hinterteil brannte, doch trotzdem war ich bis zur Unerträglichkeit erregt, wollte noch einmal von ihm genommen werden. Er schien zu wissen, was in mir vorging, bedeutete mir, mich auf das

Sofa zu legen. Zitternd vor Lust tat ich, wie mir geheißen, streckte mich ihm entgegen. Er fasste meine Hüften, drang hart in mich ein, verharrte für einen Moment. Dann zog er sich fast ganz zurück, um gleich darauf wieder zuzustoßen. Ich bebte unter seinen brutalen Stößen, erwiderte sie.

„Bitte", erneut wimmerte ich, bat darum, endlich kommen zu dürfen.

„Jetzt komm!" Ich schrie meine Lust heraus, merkte, wie sein heißes Sperma mich überschwemmte.

„Es gefällt dir, wenn ich dich bestrafe", stellte er fest, nachdem wir wieder zu Atem gekommen waren und zusammengekuschelt auf dem Sofa lagen.

Ich nickte. „Ich verstehe mich selbst nicht. Bisher habe ich derartige Erfahrungen noch nicht gemacht. Ich hätte nicht im Traum daran gedacht, dass mir so etwas passieren könne. Ein bisschen schäme ich mich dafür", fügte ich leise hinzu.

„Kein Grund sich zu schämen. Lust hat viele Facetten. So lange es einvernehmlich abläuft, ist alles in Ordnung. Du fühlst dich doch mit der Situation wohl, nicht wahr?" Das waren ganz neue Töne von ihm. Ob er sich doch ein wenig in mich verliebt hatte? Ich mochte ihn nicht direkt fragen. Das musste schon von ihm allein kommen.

„Ja! Ich fühle ich sehr wohl. Trotzdem war es nicht richtig von dir, mich einfach hier her zu schleppen."

Er musterte mich aufmerksam. „Was wolltest du eigentlich in Deutschland? Von deinen Reiseplänen hast du mir gar nichts erzählt. Hast du Heimweh?"

„Aber nein. Ich wollte meine Wohnung in Deutschland kündigen und auch gleich ausräumen, so weit das geht. Wie es aussieht brauche ich sie nicht mehr. Ich war mir lange nicht sicher. Inzwischen bin ich es."

„So. Jetzt bist du sicher? Ich weiß nicht. Das ist ein weitreichender Schritt. Es kann immer etwas passieren. Willst du die Wohnung nicht noch eine Weile be-

halten?", antwortete Connor nachdenklich.

Perplex richtete ich mich auf. „Wie
meinst du das? Hast du irgendwelche
Pläne, von denen ich wissen sollte?"

„Alles gut, keine Pläne." Er strich mir
beruhigend über den Rücken. „Ich meine
nur so. Es ist immer gut, wenn man einen Plan B hat. Wer weiß, ob du die
Wohnung nicht doch irgendwann
brauchst. Ich könnte dein Gehalt erhö-
hen, wenn es sonst knapp wird. Übrigens kannst du jederzeit nach Deutschland fliegen, das Ticket bezahle ich
natürlich. Aber du machst das in Zukunft
nicht ohne Absprache mit mir."

Tausend Gedanken schwirrten mir
durch den Kopf. Vorhin hatte ich noch
überlegt, ob er sich in mich verliebt hatte, jetzt schlug er mir vor, meine Wohnung zu behalten, bot mir mehr Geld an.
Offensichtlich ging er davon aus, dass
ich nicht für länger hier bleiben würde.
Warum sonst würde er mir derartige
Vorschläge machen? Vielleicht war ich

nur eine unter vielen. Connor kam viel herum.

Ich beschloss ehrlich zu sein und meinen Stolz hinunterzuschlucken. „Ich brauche keinen Plan B", sagte ich deshalb leise. „Ich möchte hier bei dir sein, so lange es geht. Also, so lange es zwischen uns ist wie jetzt, meine ich. Ich glaube, ich könnte es nicht ertragen, wenn ich wüsste, dass es eine Andere gibt."

Er schaute mich einfach nur an. Sicher nur einen Moment, aber mir kam es unendlich lange vor. Schließlich nahm er mich in den Arm.

„Ach, Miss Stunned, was mache ich nur mit dir?", seufzte er und strich mir unendlich sanft über den Rücken.

„Einfach lieb haben", flüsterte ich.

Er erstarrte. Ich rechnete damit, dass er jetzt aufstehen und gehen würde. Doch das tat er nicht.

„Du bist etwas ganz Besonderes", murmelte er, während er mich zärtlich küsste. „Es ist, als hätte ich Jahrzehnte lang im Schlamm gewühlt und würde plötzlich einen lupenreinen Diamanten finden. Ich weiß noch nicht, wie ich damit umgehen soll. Gerade jetzt ..."

„Wie meinst du das? Gerade jetzt? Ist etwas passiert? Bist du deshalb früher zurückgekommen?", fragte ich alarmiert.

„Alles ist in Ordnung." Wieder küsste er mich, heftiger jetzt, fordernder. Seine Hände strichen über meine Brüste, rieben über die Nippel. Erst sanft, dann heftiger. Ich stöhnte auf, war wieder mehr als bereit für ihn.

Was hatte er vorhin gesagt: „Ich werde dich heute gründlich durchvögeln." Und das tat er.

Aber etwas zwischen uns hatte sich verändert.

***

„Wir werden heute einen Ausflug machen. Ich möchte dir ein paar Sachen kaufen", sagte Connor gutgelaunt.

Ich räkelte mich wohlig in seinem Bett, kuschelte mich dann in seinen Arm. „Was für Sachen? Ich brauche nichts", murmelte ich, vergrub die Nase an seiner Brust, atmete seinen Duft ein. Männlich, ein Hauch von Parfum. „Zedernholz", stellte ich fest.

„Wie bitte?", fragte er irritiert.

„Zedernholz. Du riechst ein bisschen danach. Ich mag deinen Geruch so unglaublich", kicherte ich und küsste ihn. „Und deinen Geschmack mag ich auch!"

Wir waren gestern irgendwann ins Haupthaus übergewechselt.

Weil Stella ein paar Tage frei hatte, hatte ich uns ein Tablett mit Köstlichkeiten zurechtgemacht. Connor öffnete eine Flasche Champagner und wir hatten ein Picknick auf seinem Bett abgehalten. ‚Bestimmt liebt er dich doch ein bisschen, er kann es nur noch nicht sagen', war meine letzter Gedanke, bevor ich in jeder Hinsicht satt und zufrieden in seinen Armen eingeschlafen war.

„Los, aufstehen", lachte Connor. „Wir können nicht den ganzen Tag im Bett bleiben."

„Warum nicht", fragte ich mit einem betont unschuldigen Augenaufschlag.

„Führe mich nicht in Versuchung", knurrte er und gab mir einen Klaps auf den Po. „Wir fahren gleich nach Liverpool. Also los, aufstehen. Ich habe dort einen Termin. Wir werden das Nützliche mit dem Angenehmen verbinden."

Zögernd stand ich auf. „Ich verstehe nicht ganz."

„Das macht nichts. Du wirst schon mitkriegen, was ich meine", grinste er mich an. „Im Übrigen habe ich einen Mordshunger. Ich bin gespannt, ob du im Frühstückmachen genauso gut bist wie im Bett."

„Zunächst steuern wir mein Büro an", erklärte er, als wir im Wagen saßen. „Dort habe ich einiges zu erledigen, bin aber gegen Nachmittag fertig. Wir könnten uns dann treffen , etwas trinken und später essen gehen oder zurück fahren. Das entscheiden wir spontan."

Wieder so eine mysteriöse Information. Wenn er bis zum Nachmittag zu tun hatte, wieso nahm er mich dann überhaupt mit in die Stadt? „So, so? Und was soll das Ganze?"

„Mach nicht so ein Gesicht. Wir treffen in meinem Büro eine gute Bekannte. Sie wird eine Shoppingtour mit dir machen. Es wäre schön wenn du einfach widerspruchslos tun würdest, worum ich dich bitte. Betrachte es als Geschenk", sagte er mit einem Seitenblick auf mein Gesicht, das sich verdüstert hatte.

„Aber ich möchte nichts von dir annehmen. Ich bin mit meinen Sachen voll und ganz zufrieden."

„Ich weiß. Vielleicht könntest du das eine oder andere Teil einfach ab und zu für mich tragen. Es würde mich freuen."

Das konnte ja heiter werden. Resigniert nickte ich. „Was ist das für eine Bekannte?", fragte ich vorsichtig.

„Du wirst sie mögen. Linn ist geschäftlich mit mir verbandelt." Das klang ab-
schließend. Ich fragte nicht weiter. Sicher würde diese Bekannte eine
arrogante Person sein, die ihm einen
Gefallen tat.

Doch ich irrte mich auf der ganzen Linie.
Linn entpuppte sich als eine gutausse-
hende, grazile, nicht mehr ganz junge
Frau, die mir nett und offen entgegen-
trat.

„Hallo Kim. Wir beide werden heute viel
Spaß haben. Connor lassen wir lieber in
seinem Büro zurück. Männer stören nur
beim Shoppen", lächelte sie mich
freundlich an.

Connor grinste. „Da kann ich dir nur zu-
stimmen. Zwischen dem Einkaufsverhal-
ten von Männern und Frauen gibt es einen Unterschied, der dick wie die
Chinesische Mauer ist. Ich werde meine
Zeit mit etwas Sinnvollem verbringen."

Linn lachte hell auf, tänzelte auf ihn zu
und gab ihm einen leichten Kuss. „Das
kannst du gern tun." Sie plinkerte mir

zu. „Komm, Kim, lassen wir den Miese-peter Geld verdienen. Wir werden unse-re Zeit damit verbringen, es auszuge-ben."

Linn hatte einen exquisiten Geschmack. Wir gingen zusammen in verschiedene Boutiquen. Sie beriet mich in Sachen Mode. Was sie empfahl sah wirklich toll an mir aus. Fast kam ich mir vor, wie eine ganz andere Frau. Auch in Sachen gut sitzender Unterwäsche schien sie Expertin zu sein und beriet mich auch hier.

Schließlich saßen wir zum Lunch in ei-nem kleinen Restaurant.

„Du kennt Connor schon länger", tastete ich mich vorsichtig vor.

„Oh ja. Schon eine Ewigkeit. Wir haben geschäftlich miteinander zu tun, aber wir sind auch befreundet." Sie antworte-te ganz zwanglos. Also holte ich tief Luft und stellte ihr die Frage, die mir die ganze Zeit durch den Kopf ging. „Und wart ihr mal zusammen. Also, ich meine, richtig zusammen ..." Hilflos verstummte ich.

Linn lachte hell auf. „Ja auch das. Aber es ist schon lange her und so richtig zusammen waren wir niemals. Connor ist kein Mann, den man zu nah an sich herankommen lassen sollte."

Plötzlich wurde sie ernst. Verschwunden war die Leichtigkeit, die sie bisher ausgestrahlt hatte. „Wenn ich dir raten darf, dann versuche lieber auf Abstand zu gehen. Er tut nicht gut. Du bist so ein nettes Mädchen. Ich würde dich ungern unglücklich sehen."

„Wie meinst du das? Du und er geht doch ganz locker miteinander um. Jedenfalls hatte ich diesen Eindruck", fragte ich verblüfft.

Ein Schatten huschte über ihr Gesicht. „Das war nicht immer so. Es gab eine Zeit, in der ich dachte, er wäre der Richtige. Aber er ist nicht der Mann, der sich langfristig bindet. Er nimmt, aber er gibt nicht. Mehr möchte ich eigentlich gar nicht sagen. Heute sind wir auf einem vernünftigen Level. Er hat in meine Läden investiert und ich helfe ihm ab und zu. Freundschaftsdienste. So wie heute.

Aber du musst nicht denken, dass es mir keinen Spaß gemacht hat, mit dir shoppen zu gehen. Das war ein richtig toller Vormittag. Nach dem Lunch werden wir durch ein paar Schuhgeschäfte schlendern. Wenn Connor die Spendierhosen anhat, solltest du ihn auch schädigen."

„Eigentlich wollte ich gar nicht, dass er mir überhaupt etwas kauft. Er hat mich dazu überredet", erklärte ich.

Jetzt lachte Linn wieder. „Lass ihn doch. Es trifft schließlich keinen Armen."

Schließlich kamen wir mit Tüten bepackt in Connors Büro an.

„Wäre es ein Problem, wenn wir direkt nach Crannog House fahren?", fragte er. Er sah abgespannt aus und irgendwie traurig.

„Natürlich nicht. Ist alles in Ordnung?"

Er nahm mich in den Arm, drückte mich kurz an sich. „Ja, alles in Ordnung. Ich habe einfach keine Lust, in ein Restaurant zu gehen. Wir könnten uns etwas zu Essen liefern lassen. Ich mache eine

Flasche Wein auf und wir setzten uns noch gemütlich vor den Kamin."

„Das klingt doch gut", sagte Linn.

Ich hatte nicht erwartet, dass sie mit uns kommen würde, verkniff mir aber jeglichen Kommentar. Schließlich hatten wir einen netten Tag miteinander verbracht. Doch eigentlich wäre ich viel lieber allein mit ihm gewesen.

„Dann ist ja alles klar." Connor schien es als selbstverständlich vorausgesetzt zu haben, dass Linn uns begleitete, was mich einigermaßen verblüffte. Nun, der Abend würde auch vorüber gehen und morgen würde ich ihn wieder für mich allein haben.

***

So fuhren wir also zu dritt nach Crannog House und saßen bald vor dem Kamin. Connor hatte ein ausgezeichnetes Dinner aus seinem Lieblingsrestaurant liefern lassen, das wir mit Genuss verspeisten. Der schwere Rotwein, den er dazu ausgewählt hatte, machte mich schläfrig. Immer wieder musste ich gähnen, die Augen wurden mir schwer. Connor und Linn schien es nicht so zu gehen. Sie unterhielten sich angeregt miteinander.

Schließlich wurde es mir zu dumm. Entschlossen stand ich auf. „Es tut mir leid, aber ich bin schrecklich müde. Wäre es ein Problem, wenn ich schon ins Bett gehe?"

Connor grinste mich an. „So lange es mein Bett ist, in das du gehst ist alles okay."

Ich grinste trotz aller Müdigkeit zurück. „Das kannst du glauben. Vielleicht bin ich schon wieder ausgeschlafen, wenn du zu mir ins Bett kommst."

Mitten in der Nacht wachte ich auf, weil ich schrecklichen Durst hatte. Seufzend schlich ich die Treppe hinunter, in Richtung Küche. Doch ich kam nicht so weit. Eine der Türen stand weit auf, gedämpftes Licht schimmerte bis auf den Korridor. Zwei Stimmen murmelten. Offensichtlich unterhielt sich Connor immer noch mit Linn.

Ich zögerte. Lauschen an fremden Türen, das ging gar nicht. Gleichzeitig lockte eine innere Stimme: „Mach schon, es ist dunkel, sie werden dich nicht bemerken."

Mit klopfendem Herzen schlich ich näher. Connor stand am Kamin, hielt ein Glas in der Hand, in dem der Whisky wie Honig schimmerte.

Linn räkelte sich in einem Sessel. „Wie soll es weitergehen, mein Lieber?"

Connor schaute hoch, schien an der gegenüberliegenden Wand etwas zu bemerken. „Wie meinst du das?", fragte er langsam.

„Du hattest mir doch zugesagt, dass du weiter in meine Läden investierst."

„Habe ich das? Was bekomme ich als Gegenleistung?", er setzte sein Glas ab, streckte er die Hand aus. „Komm her."

Zögernd erhob sich Linn, ging auf ihn zu. Er fasste sie, zog sie an sich, küsste sie.

Ich schlug mir die Hand vor den Mund, unterdrückte mühsam einen Laut des Entsetzens.

Natürlich waren die beiden ein Paar gewesen, aber ich hatte nicht damit gerechnet, dass sie es immer noch waren. Connors Mund wanderte weiter, Linns Hals hinunter. Knopf für Knopf öffnete er ihre Bluse, strich ihr die Seide von den Schultern. Dann öffnete er die Häkchen ihres BH's , streifte ihn ihr ab, senkte den Kopf und liebkoste ihre Brüste mit seinen Lippen. Linn rieb sich an ihm, stöhnte.

Plötzlich trat er mit einem Lachen zurück, setzte sich in einen Sessel. „Warum tust du so, als würde es dir Spaß machen?"

Linn schaute irritiert. „Aber es macht mir doch Spaß. Bitte, schlaf mit mir."

Connor musterte sie kühl. „Das werde ich, aber zu meinen Bedingungen. Schließlich haben wir eine Abmachung."

„Wie bitte?"

„Du weißt es ganz genau. Dein Preis ist zwar hoch, aber es hat sich bis jetzt immer gelohnt dich zu bezahlen."

Ich glaube meinen Ohren nicht zu trauen. Was für ein perfides Spiel ging denn hier ab.

Linn musterte Connor kühl. „Du glaubst doch nicht, dass ich mich darauf einlasse!"

„Aber natürlich glaube ich das. Bisher hattest du keine Skrupel. Zieh dich aus, mach schon."

„Du mieser Kerl, das mache ich sicher nicht!"

Ach, Linn", Connor seufzte. „Dein Geschäft läuft nicht. Die Zahlen sind miserabel. Wenn ich dir nicht bald unter die Arme greife, geht alles den Bach runter. Also stell dich nicht so an."

Linn senkte den Kopf. „Du willst mich also erpressen!"

„Auf keinen Fall. Ich habe dir immer die Wahl gelassen. Meine Tür steht in beide Richtungen offen. Geh, verschwinde aus meinem Haus. Such dir etwas Neues, fang noch einmal von vorne an", knurrte er.

Linn ging einen Schritt zurück.

„Oder bleib und tu, was ich dir befehle. Behalt alles, das Penthouse, die Autos, die teuren Klamotten. It's up to you."

„Und die Kleine, die in deinem Bett schläft?"

Er lachte hart auf. „Die Kleine lass aus dem Spiel. Sie hat dich bisher nicht gestört. Seit wann bist du so prüde?"

Linn schluckte. Schließlich zog sie an den Bändern ihrer Hose, ließ den Stoff zu Boden rutschen. Dann stieg sie aus dem Slip.

Wieder streckte er die Hand aus. „Sehr schön, jetzt gehst du auf die Knie. Lutsch ihn mir", befahl er.

Langsam ging Linn zum Sofa, nahm ein Kissen und warf es auf den Boden.

„Geht doch, los mach schon", lachte Connor leise, während sie ihm die Hose öffnete. "Mund auf, Schlampe."

Während sich Linns Kopf rhythmisch bewegte, fasst er brutal in ihr Haar, zwang ihr seinen Rhythmus auf. Kurz sah er hoch, blickte auf die gegenüberliegende Wand.

Mit einem Mal verstand ich, was mich vorhin irritiert hatte. Es war der Spiegel, in dem ich mich selbst sah. Mit aufgerissenen Augen, die Hand noch immer vor dem Mund. Connor sah mir genau in die Augen. Kurz lächelte er mit glitzerndem Blick.

Ich zuckte zurück, rannte aus dem Zimmer, aus dem Haus. Es war mir ganz egal, ob die beiden mich hörten oder nicht. In meiner Wohnung vergrub mich in den Kissen, konnte nicht einmal weinen. Immer wieder ging mir durch den Kopf was er gesagt hatte, als ich geflüchtet war.

„Mach gefälligst weiter. Da war nichts, nur noch eine Schlampe."

***

Am nächsten Morgen fühlte ich mich zerschlagen. Irgendwann war ich doch eingeschlafen, hatte allen möglich Unsinn geträumt, von Teufelshörnern und Orgien. Schweren Herzens begann ich meine Sachen zu packen.

Die Tür öffnete sich, er war in die Wohnung gekommen, ohne dass ich es bemerkt hatte. Nun stand er in meinem Schlafzimmer. „Miss Stunned, du packst? Was soll das?"

„Das Taxi kommt in einer Viertelstunde. Ich packe das Nötigste zusammen. Alles andere kannst du mir nachschicke lassen. Celine wird sich bestimmt darum kümmern."

Er schürzte die Lippen. „So, du willst also eine kleine Auszeit?"

„Nein!"

„Was heißt das bitte?"

Ich fahre nach Hause. Du hast mir ja selbst geraten, die Wohnung nicht aufzugeben. Gut, dass ich auf dich gehört habe. Um Zwei bin ich da, um Drei kriegst du meine Kündigung. Es tut mir wegen Fia leid. Aber ich kann so nicht weitermachen!" Ich setzte mich aufs Bett, weil sich meine Beine plötzlich schrecklich weich anfühlten. Das war's also.

Connor kam näher, schaute auf mich hinunter. „Das soll also der Abschied sein? In Ordnung. Aber bitte nicht dramatisch und tränenreich."

Plötzlich hatte ich eine schreckliche Wut im Bauch. „Was meinst du eigentlich, wer du bist. Gott oder der Teufel persönlich? Wer gibt dir das Recht, so mit Menschen umzugehen!"

Er beute sich mir zu. „Ich verstehe nicht."

„Oh, das verstehst du ganz gut. Hat ja auch super geklappt gestern Nacht. Das Naivchen hat kapiert, wie das abläuft. Oder soll ich besser sagen die Schlampe?"

„Ich wüsste nicht, das wir gestern Nacht zusammenwaren."

So wütend wie jetzt war ich noch nie im Leben. „Tu bloß nicht so. Du hast sie dazu genötigt. Willst du das auch mit mir machen, irgendwann?"

„Ach, du schleichst nachts durchs Haus und beobachtest Intimitäten, die dich nichts angehen? Das ist interessant. Anschließend machst du auf entrüstet. Wie lächerlich du bist."

„So, lächerlich bin ich. Das wird ja immer schöner. Ich habe niemanden zum Sex gezwungen. Wie oft hast du das schon gemacht? Befriedigt es dich so sehr, wenn du Frauen deinen Willen aufzwingst, sie erpresst? Wie schäbig du bist." Jetzt rannen mir die Tränen über die Wangen. Energisch wischte ich sie mir mit dem Ärmel weg.

Connor stand jetzt ganz dicht vor mir. „Tu bloß nicht tugendsam. Es hat dir gefallen, dass ich dich einfach genommen habe. Dass du dich untergeordnet hast. Dass ich mit dir getan habe, was immer mir in den Sinn kam. Vielleicht darfst du das nächste Mal vor mir knien, mir den Schwanz lutschen. Oder wir nehmen Linn dazu. Bestimmt macht es ihr Spaß, dich zu lecken. Es braucht manchmal etwas Überredung, bis sie spurt. Aber dann macht sie es mit Hingabe und kann gar nicht genug kriegen. Das ist mit dir nicht anders. Möglicherweise erlaube ich auch Milton, dich zu ficken. Er ist ganz scharf darauf. Jetzt komm her."

Er griff nach mir, zog mich grob an sich. Oh nein! So leicht würde ich es ihm nicht machen. Mit aller Macht stemmte ich mich gegen ihn, versuchte mich zu befreien, was mir nicht gelang.

Connor schien das zu gefallen, er lachte leise. „Du wirst sowieso tun, was ich sage", mit diesen Worten zog er mich noch näher an sich, wobei er es schaffte, dass ich meine Arme nicht mehr bewegen konnte. Einen Augenblick lang sah er mich an, dann senkte er den Kopf, küsste mich, nicht sanft, sondern brutal und fordernd.

Was war nur mit mir los? Noch vor einer Minute wollte ich ihn verlassen, jetzt erwiderte ich gierig seine Küsse, ließ mich auf sein Zungenspiel ein. Wie von selbst schmiegte ich mich an ihn, was ihn veranlasste, seinen Griff zu lockern. Dieser Mann hatte eine unheimliche Macht über mich, denn mein Körper schien in seinen Armen ein Eigenleben zu führen. Ich rieb mich an ihm, spürte seine Erregung an meinem Bauch.

„Du kleines Luder", knurrte Connor, umfasste meine Brust, zwirbelte grob meine Nippel durch den Stoff der Bluse, ich stöhnte.

„Ich wusste, dass du es brauchst", flüsterte er heiser. „Jetzt werde ich es dir besorgen."

Er drängte mich gegen die Wand, ließ die Hand unter meinen Rock gleiten, zerrte an meinem String, der mit einem knirschenden Geräusch riss.

„Du bist feucht und geil", stellte er befriedigt fest, schob einen Finger in mich.

„Bitte, ich will das nicht", wisperte ich verzweifelt. Weil ich gerade das letzte bisschen Würde verlor, weil ich mich nach seiner Berührung sehnte und doch wusste, dass es nicht richtig war.

„Und ob du es willst!" Er hielt mich mit einer Hand fest, öffnete mit der anderen seine Jeans. Dann griff er mit seinen Händen unter meinen Po, hob mich mühelos an. „Mach schon, schling die Beine um mich", befahl er.

Ich wimmerte, folgte seiner Anweisung. Begierde überflutete mich, ließ mich für diesen Moment alles vergessen. Obwohl ich doch wusste, dass es falsch war, wollte ich ihn jetzt in mir spüren. Er drang quälend langsam in mich ein, blieb bewegungslos stehen.

„Soll ich es dir besorgen? Bitte mich darum", befahl er und zog sich fast ganz aus mir zurück.

„Ja, bitte. Nimm mich", stöhnte ich, kam ihm entgegen. Ich wollte ihn nur noch hart in mir spüren.

Endlich konnte auch er sich nicht mehr beherrschen, nahm mich hart und rücksichtslos. Bei jedem Stoß spürte ich die Wand in meinem Rücken, aber das war mir ganz egal. Mein Körper spannte sich in unerträglicher Erregung. Ein Orgasmus überrollte mich. Mit einem letzten, tiefen Stoß kam auch er tief in mir. Wir blieben für einen Moment in der Position, dann spürte ich, wie er aus mir hinausglitt, mich absetzte, einen Schritt zurücktrat und seine Hose richtete.

„Na also. Du solltest akzeptieren, dass du mir gehörst und ich mit dir mache, was ich will", sagte er und das klang irgendwie völlig unbeteiligt. So, als würde er mit einem Geschäftspartner einen Vertrag aushandeln.

Ich schüttelte den Kopf, versuchte klar zu denken, was mir in dieser Situation ziemlich schwer fiel.

„Das ist für dich. Kauf dir etwas Schönes. Von mir aus auch so einen Fummel, wie du da trägst, aber bitte in teuer", mit diesen Worten zog er ein Bündel Geldscheine aus der Tasche und legte sie auf meinem Nachttisch ab. „Ich geh dann mal. Du willst sicher duschen, oder? Übrigens, wenn du doch weg willst, nur zu. Ich werde dir nicht hinterherlaufen. Aber du schaffst es sowieso nicht, von mir loszukommen", grinste er und ließ mich allein.

Ich setzte mich auf das Bett. Die Gedanken purzelten nur so durch meinen

Kopf. Wie hatte ich das nur zulassen können? Wieso konnte er so mit mir umgehen? Wieso tat er das überhaupt? Ich hatte mich in ihn verliebt, aber von seiner Seite war da gar nichts, das hatte er mir durch seine Handlungsweise deutlich gemacht.

Dabei hatte ich gedacht, dass auch er Gefühle für mich hegte und es einfach nicht aussprechen konnte. Wie blöd und naiv ich doch war!

Entschlossen stand ich auf. So etwas würde nie wieder geschehen. Mit einer Vermutung hatte Connor Recht. Ich musste ausgiebig duschen, um seinen Geruch abzuwaschen, der an mir haftete. Dann würde ich gehen.

Für einen Moment dachte ich daran, sein Geld einfach in der Toilette runterzuspülen, aber nachher würde er meinen, ich hätte es mitgenommen und die Genugtuung würde ich ihm nicht geben.

***

Ich habe Connor nicht wieder gesehen. In der ersten Zeit bin ich oft morgens aufgewacht und habe gedacht: Er ruft bestimmt an. Er entschuldigt sich und sagt, dass alles ein großes Missverständnis war. Hin und wieder habe ich ihn gegoogelt.
Irgendwann kam die Nachricht, dass er an Krebs erkrankt ist. Unheilbar wohl.

Jetzt sitze ich also in meiner Wohnung und halte einen Brief in der Hand. Ich weiß, dass Connor tot ist.
Langsam öffne ich den Umschlag, ziehe ein Blatt hervor. Feines Bütten, was auch sonst. Ich lese, während mir die Tränen über die Wangen laufen.

Weißt Du noch ...

Der Tag an dem ich früher von einer Geschäftsreise nach Hause gekommen bin ... Als wir uns im Strandhaus geliebt haben. Damals hatte ich ein paar harmlose Tests machen lassen und die Diagnose Krebs bekommen. Mit der Gewissheit, dass ich bald in der Hölle landen würde.
Ich habe alle Termine abgesagt und wollte einfach nur zu Dir. Dich fühlen, mit allen Sinnen.
Du warst so süß und so vertrauensvoll. Du wolltest Deine Wohnung in Deutschland aufgeben. Ich glaube Du wolltest mir ganz und gar vertrauen, aber das war eine ganz schlechte Idee! Einem wie mir kann man nicht trauen. Ich konnte meine Dämonen noch nie in Schach halten. Nach der vernichtenden Diagnose ging das gar nicht mehr.
Ich habe Dich schlecht behandelt, in der Hoffnung, dass Du gehst. Vielleicht wollte ich Dich auch vor mir schützen. Weil ich wusste, dass Du zu gut für mich bist. Und eine Portion Eitelkeit war auch dabei.

Niemals solltest Du mich in einem so erbärmlichen Zustand sehen, in dem ich mich befinde, während ich diese Zeilen schreibe.

Ich war ekelhaft, habe versucht, Deinen Stolz zu brechen, Dir deine Selbstachtung zu nehmen. Dabei wollte ich nur, dass Du mir beweist, dass Du stark bist und nicht käuflich. Nicht wie all die anderen Frauen, die ich im Laufe meines Lebens kennengelernt habe.

Das hast Du mir bewiesen. Du bist stark, deshalb mache ich mir auch keine Gedanken - Du wirst Dein Leben leben ...

Ich weiß nicht wie oft ich versucht war, einfach vor Deiner Tür aufzutauchen, Dich in die Arme zu nehmen und Dich um Verzeihung zu bitten.

Aber ich war zu weit gegangen. Du hättest mir nicht vergeben, dessen war ich sicher. Vielleicht war das auch besser so.

Für Fia habe ich so gut es geht gesorgt. So lange es möglich war, habe ich sie bei mir behalten und mich zum ersten Mal

richtig und wie ein Vater um sie geküm-
mert. Du siehst, deine Bemühungen ha-
ben Früchte getragen. Sie ist nun doch in
einem Internat untergebracht und ich
hoffe, dass sich ihre Mutter wenigstens
hin und wieder um sie schert. Ich kann es
leider nicht mehr, aus begreiflichen
Gründen.
Milton hat mir versprochen, sich um sie
zu kümmern und er wird sein Verspre-
chen halten.

Irgendwie warst du immer bei mir, denn
ich habe dich nie aus den Augen verloren,
Little Miss Stunned.
Was ich für dich empfunden habe, kam
der Liebe ziemlich nah.

Connor

Nachwort

‚Sympathie fort the devil' , was ja nicht anderes als ‚Sympathie für den Teufel' zu übersetzen ist, performten die Stones 1968 auf dem Album ‚Beggars banquet'.
Mein Roman heißt aber ‚Sympathie with the devil', was ‚Mitleid mit dem Teufel' bedeutet. Meine Leser werden wissen, was ich damit meine.
Ein einziges Wort - und eine ganz andere Bedeutung!

Den Ort Holyfield gibt es nicht. Genau so wenig wie es eine Privatschule in Newborough gibt. Aber das ist halt die dichterische Freiheit. Trotzdem lohnt sich ein Besuch auf der Insel Holy Island ...

*Das Zitat "Leben ist das, was passiert, während du eifrig dabei bist, andere Pläne zu machen." stammt aus dem Lied "Beautiful Boy (Darling Boy)", geschrieben von John Lennon. Es wurde erstmals veröffentlicht als 7. Lied auf der Lennon-Platte "Double Fantasy", die am 17. November 1980 bei Capitol erschien ist.

Alizé Siffleur
Zartbitter
Erotischer Roman
Zwei Wochen Strand, Sonne, ein strahlend blaues Meer, Cocktails an der Strandbar, vielleicht auch ein kleiner Urlaubsflirt - so hat Sara sich den Urlaub vorgestellt. Am Strand lernt sie Marc kennen. Er zieht sie sofort in seinen Bann. Denn er ist dominant, fordert von ihr bedingungslose Unterwerfung. Mit ihm entdeckt sie eine besondere Seite der Lust, von der sie gleichermaßen fasziniert wie abgestoßen ist. Schließlich befielt Marc ihr, nicht nur ihm zu Willen zu sein.
Zartbitter, ein tabuloser Roman voll prickelnde Erotik.

Alizé Siffleur
Love Affair
Erotischer Roman
Anne will sich in Zukunft die Männer vom Hals halten. Schließlich hat ihr Exfreund sie betrogen. Ihre Freundin Jenny hingegen vernascht einen Mann nach dem anderen. Als die Freundinnen in einer Bar den attraktiven Luca kennenlernen, geraten Annes gute Vorsätze ins Wanken. Obwohl dieser Mann sie mit seiner Dominanz und seiner arroganten Art zur Weißglut bringt, fühlt sie sich zu ihm hingezogen.

Frech und frivol, so ist dieser Roman.

Alizé Siffleur
Dark Soul
Erotischer Roman
Katja hatte gedacht ihre beste Freundin Steffi gut zu kennen. Sie staunt nicht schlecht, als die ihr anvertraut, dass sie in einem BDSM Forum einen Mann kennengelert hat, in den sie sich verliebt hat. An Steffis Geburtstag lernt Katja Wotan kennen und kann ihn vom ersten Augenblick an nicht ausstehen. Ganz anders geht es ihr mit Alex, einem Bekannten von Wotan. Dieser Mann zieht sie auf eine Weise an, wie sie es noch nie erlebt hat. Gleichzeitig verunsichert er sie. Bald macht er ihr ein unmoralisches Angebot: Sie soll sich ihm bedingungslos unterwerfen. Katja lässt sich schließlich darauf ein und entdeckt eine Welt unglaublicher Lust. Doch dann erklärt ihr Wotan, dass Alex sie bald an ihn weiterreichen wird.
Dark Soul, ein Roman voller prickelnder Erotik.

Alizé Siffleur
Mistkerl
Erotischer Roman
Jule weiß genau was sie will: Einen erfahrenen Mann, der im Leben steht und ihr etwas zu bieten hat. Aber da ist noch Ben, ihr Freund und Nachbar. Er macht sie ganz schön an und sie hat sich mehr als einmal vorgestellt wie es wäre, Sex mit ihm zu haben. Trotzdem will sie sich nicht mit dem drei Jahre jüngeren Ben einlassen. Aber mit den guten Vorsätzen ist es so eine Sache ... Nach einem feucht, fröhlichen Abend landen Jule und Ben schließlich zusammen im Bett. Hier entdeckt Jule eine ganz neue Seite der Lust, denn Ben ist dominant und fordert von ihr, sich ihm zu unterwerfen. Obwohl Jule es sich nicht eingestehen will, ist sie von seiner Dominanz fasziniert und kann sich ihm nicht entziehen.

Alizé Siffleur
Saturday Night Fever
erotische Kurzgeschichten
24 erotische Kurzgeschichten, sinnlich und provokant, aber auch romantisch und humorvoll. Alizé Siffleur schreibt über Frauen, die sich nehmen was sie wollen. Sich aber auch einfach nehmen lassen wollen.
Saturday Night Fever, die perfekte Lektüre für sinnliche Stunden.

Alizé und Alan P.
Wenn ich an Dich denke
Gedichte von, um, über Liebe und andere Bagatellen.

Alizé Siffleur und Allan P.
Zeig mir Deine Lust
Lustvoll und erotisch. Alizés und Allans Gedichte drehen sich unverkrampft und freizügig um nicht alltägliche Phantasien, um die Freude daran, sich sexuell zu nehmen, was man möchte. Eine Lektüre, über die ungehemmte Lust.